魔法科高中的劣等生 7

The irregular at magic high school

橫濱騷亂篇〈下〉

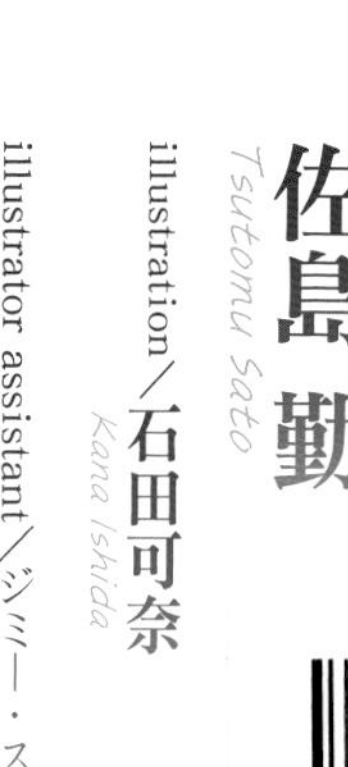

佐島 勤
Tsutomu Sato
illustration／石田可奈
Kana Ishida
illustrator assistant／ジミー・ストーン、末永康子

「核融合發電進入實用階段的必要條件，
已經在上一個世紀解明。」
「核融合發電的主要障礙，
在於違抗電漿化原子核的電流排斥力，造成融合反應的這段期間，
必須讓原子核相互接觸。」
市原鈴音
魔法科高中前任學生會會計。獲選為論文競賽代表。個性如外表所見冷靜沉著。綽號是「鈴妹」，但是只有真由美會如此稱呼。
北山 雫
光井穗香
司波深雪

「接下來的部分無須重新贅述。
距離越近，電流排斥力就會以等比級數增強。
具備強大同極庫侖力的物體，
排斥力和距離成反比，兩者不會相互撞擊。」

「不過，電流排斥力可以使用魔法減弱。
這次我們成功開發的魔法式，能將有限空間內的
表象庫侖力減少到十萬分之一以下。」

五十里 啟

二年級，學生會會計。魔法理論成績全學年第一的秀才。和千代田花音訂婚，唯恐天下不亂（？）的這對情侶，總是令周圍熱鬧非凡。

千葉艾莉卡

吉田幹比古

柴田美月

西城雷歐赫特

七草真由美
魔法科高中前任學生會會長。「十師族」七草家的長女。身材嬌小卻窈窕有致。在遠距離精密魔法領域，被稱為十年只出一人的英才。
「妳的能力就是為了這種時候而存在的吧？梓，現在需要的是妳的能力，不是我、摩利或鈴音的能力。」
「…………！」
中条梓
外型乍看像是國中生，卻是魔法科高中二年級學生。繼真由美之後擔任學生會會長。擁有情緒干涉系魔法「梓弓」這種罕見技能。

「服部、桐原，關於現狀，你們是否感覺到哪裡不對勁？」

十文字克人

第一高中三年級學生。管理所有社團活動的組織「社團聯盟」前任總長。和真由美、摩利並列為第一高中三巨頭的實力派。

「……即使考量到橫濱這座都市的特性，外國人的人數也似乎稍微過多。」

服部刑部少丞範藏

二年級。前任學生會副會長。繼克人之後擔任社團聯盟總長。

「我覺得比起會場內部，市區的氣氛莫名充滿殺氣。」

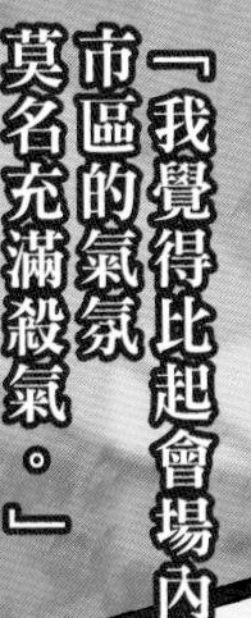

桐原武明

二年級。劍術社成員。關東劍術大賽國中組冠軍。

「核心的位置一樣！」

柴田美月

達也的同班同學。罹患靈子放射光過敏症所以戴眼鏡，在這個時代相當罕見。

「這裡畢竟是戰場，我早有覺悟。」

壬生紗耶香

二年級。劍道社成員。劍道大賽國中女子組全國亞軍。

「來了！」

吉田幹比古

達也的同班同學。出自古式魔法名門。魔法技術的實力，比起「花冠一科生」也毫不遜色。

「那個男的由我們來打倒。」

渡邊摩利

三年級。前任風紀委員長。真由美的好友，各方面傾向好戰。

「哦～」

西城雷歐赫特

通稱「雷歐」。與達也同樣就讀一年E班。父親是混血兒，母親是隔代混血兒。擅長「硬化魔法」。

「他是個強敵。」

千葉艾莉卡

達也的同班同學。個性開朗，經常會連累到他人的闖禍大王。家裡是劍與魔法之複合戰鬥術──「劍術」的名門。

「——」
呂剛虎
近戰殺人實力號稱在大亞聯盟首屈一指，大亞聯軍特殊作戰部隊的王牌魔法師。別名「食人虎」的凶暴男性。

魔法劍

使用魔法的戰鬥方式，除了以魔法本身為武器作戰，還有以魔法強化、操作武器的技術。以魔法配合槍、弓箭等射擊武器的術式為主流，不過在日本，劍技與魔法組合而成的「劍術」也很發達。現代魔法與古式魔法兩種領域，都開發出堪稱「魔法劍」的專用魔法。

1.高頻刃

高速振動刀身，接觸物體時傳導超越分子結合力的振動，將固體局部液化之後斬斷的魔法。和防止刀身自我毀壞的術式配套使用。

2.壓斬

使劍尖朝揮砍方向的水平兩側產生排斥力，將劍刃接觸的物體像是左右推壓般割斷的魔法。排斥力場細得未滿一公釐，強度卻足以影響光波，因此從正面看劍尖是一條黑線。

3.童子斬

被視為源氏祕劍而相傳至今的古式魔法。遙控兩把刀再加上手上的刀，以三把刀包圍對手並同時砍下的魔法劍技。以同音的「童子斬」隱藏原本「同時斬」的意義。

4.斬鐵

千葉一門的祕劍。不是將刀視為鋼塊或鐵塊，而是定義為「刀」這種單一概念，依循魔法式所設定的刀路而動的移動系統魔法。被定義為單一概念的「刀」如同單分子結晶之刃，不會折斷、彎曲或缺角，將會沿著刀路劈開所有物體。

5.迅雷斬鐵

以專用武裝演算裝置「雷丸」施展的「斬鐵」進化型。將刀與劍士定義為單一集合概念，因此從接觸敵人到出招的一連串動作，都能毫無誤差地高速執行。

6.山怒濤

以全長一八〇公分的大型專用武器「大蛇丸」所施展的千葉一門的祕劍。將己身與刀的慣性減低到極限並高速接近對手，在交鋒瞬間將至今消除的慣性疊加，提升刀身慣性後砍向對方。這股偽造的慣性質量和助跑距離成正比，最高可達十噸。

7.薄翼蜻蜓

將奈米碳管編織為厚度十億分之五公尺的極致薄膜，再以硬化魔法固定為全平面而化為刀刃的魔法。薄翼蜻蜓製成的刀身比任何刀劍或剃刀都要銳利，但術式不支援揮刀動作，因此術士必須具備足夠的刀劍造詣與臂力。

背負某項缺陷的劣等生哥哥。
一切完美無瑕的優等生妹妹。
這對兄妹就讀魔法科高中之後，

風波不斷的每一天就此揭開序幕——

魔法科高中的劣等生 7

The irregular at magic high school

橫濱騷亂篇〈下〉

佐島 勤
Tsutomu Sato
illustration
石田可奈
Kana Ishida

Kadokawa Fantastic Novels

司波達也

就讀於一年E班，被揶揄為
「雜草」的二科生（劣等生）。
達觀一切。

司波深雪

就讀於一年A班。達也的妹妹。
以首席成績入學的優等生。
擅長冷卻魔法，溺愛哥哥。

就讀於一年E班，達也的同班同學。
擅長硬化魔法，個性開朗。

千葉艾莉卡

達也的同班同學。
擅長劍術，可愛的闖禍大王。

柴田美月

就讀於一年E班，達也的同班同學。
罹患靈子放射光過敏症。
有點少根筋的認真少女。

吉田幹比古

就讀於一年E班，達也的同班同學。
出自古式魔法的名門。
從小就認識艾莉卡。

光井穗香

就讀於一年A班，深雪的同班同學。
擅長光波振動系魔法。
一旦擅自認定後就頗為一意孤行。

北山 雫

就讀於一年A班，深雪的同班同學。
擅長振動與加速系魔法。
情緒起伏鮮少展露於言表。

森崎 駿

就讀於一年A班，深雪的同班同學。
擅長高速操作CAD。
身為一科生的自尊強烈。

里美 昴

就讀於一年D班，
宛如美少年的少女。
個性開朗隨和。

明智英美

就讀於一年B班，隔代混血兒。
全名是艾米莉雅．英美．
明智．格爾迪。

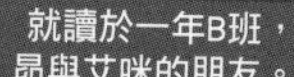

櫻小路紅葉

就讀於一年B班，
昴與艾咪的朋友。
便服是哥德蘿莉風格。
喜歡主題樂園。

七草真由美

三年級，前任學生會會長。在魔法科學生之中，
實力為歷代最高等級。

中条 梓

二年級，繼真由美之後的
學生會會長。
生性膽小，
個性畏首畏尾。

市原鈴音

三年級，前任學生會會計。
冷靜沉著的智慧型人物。
真由美的左右手。

服部刑部少丞範藏

二年級，前任學生會副會長。
繼克人之後的社團聯盟總長。

渡邊摩利

三年級，前任風紀委員會委員長。
為真由美的好友，
各方面傾向好戰。

辰巳鋼太郎

三年級，前任風紀委員。個性豪爽。

澤木 碧

二年級，風紀委員。
對女性化的名字耿耿於懷。

關本 勳

三年級，風紀委員會成員。
論文競賽校內審查第二名。

桐原武明

二年級。劍術社成員。
關東劍術大賽國中組冠軍。

五十里 啟

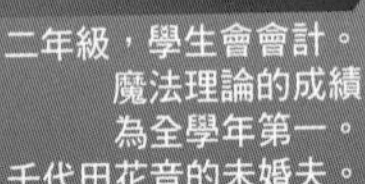

二年級，學生會會計。
魔法理論的成績
為全學年第一。
千代田花音的未婚夫。

壬生紗耶香

二年級。劍道社成員。
劍道大賽國中女子組
全國亞軍。

千代田花音

二年級。繼摩利之後的
風紀委員長。
五十里啟的未婚妻。

平河小春

三年級，以工程師身分參加九校戰。
主動放棄參加論文競賽。

十文字克人

三年級。
前任社團聯盟總長。

平河千秋

就讀於一年G班。敵視達也。

安宿怜美

保健醫生。穩重溫柔的笑容
大受男學生歡迎。

一条將輝

第三高中的一年級學生。
參加九校戰。
「十師族」一条家的繼承人。

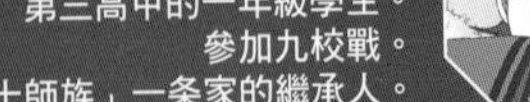

廿樂計夫

擅長魔法幾何學的教師。
論文競賽的負責人。

吉祥寺真紅郎

第三高中的一年級學生。
參加九校戰。
以「始源喬治」的
別名眾所皆知。

一条 茜

一条家長女，
將輝的妹妹。
有點早熟的小學生。

一条美登里

將輝的母親。
個性溫和，
廚藝高明。

一条瑠璃

一条家次女，將輝的妹妹。
我行我素，行事可靠。

九重八雲

擅長古式魔法「忍術」。
達也的體術師父。

千葉壽和

千葉艾莉卡的大哥，
警察省國家公務員。
乍看之下像是遊手好閒的人。

千葉修次

千葉艾莉卡的二哥，摩利的男友。
具備千刃流劍術免許皆傳資格。
別名「千葉的麒麟兒」。

牛山

FLT的CAD開發第三課主任。
受到達也的信任。

鈴

森崎拯救的少女。
全名是「孫美鈴」。
香港國際犯罪組織
「無頭龍」的新領袖。

陳祥山

大亞聯軍特殊作戰部隊隊長。
為人心狠手辣。

呂剛虎

大亞聯軍特殊作戰部隊的
王牌魔法師。
別名「食人虎」。

小野 遙

一年E班的輔導老師。
生性容易被欺負，
卻有不為人知的另一面。

風間玄信

陸軍101旅獨立魔裝大隊隊長。
階級為少校。

真田繁留

陸軍101旅獨立魔裝大隊幹部。
階級為上尉。

柳 連

陸軍101旅獨立魔裝大隊幹部。
階級為上尉。

山中幸典

陸軍101旅獨立魔裝大隊幹部。
少校軍醫，一級治癒魔法師。

藤林響子

擔任風間副官的女性軍官。
階級為少尉。

九島 烈

被譽為世界最強
魔法師之一的人物。
眾人尊稱為「宗師」。

司波小百合

達也與深雪的後母。厭惡兩人。

周

安排呂與陳來到日本的
俊美青年。

Glossary
用語解說

魔法科高中
國立魔法大學附設高中的通稱，全國總共設立九所學校。
其中的第一至第三高中，每學年招收兩百名學生，
並且分為一科生與二科生。

花冠、雜草
第一高中用來形容一科生與二科生階級差異的隱語。
一科生制服的左胸口繡著以八枚花瓣組成的徽章，
不過二科生制服沒有。

一科生的徽章

CAD
簡化魔法發動程序的裝置，
內部儲存使用魔法所需的程式。
分成特化型與泛用型，外型也是各有不同。

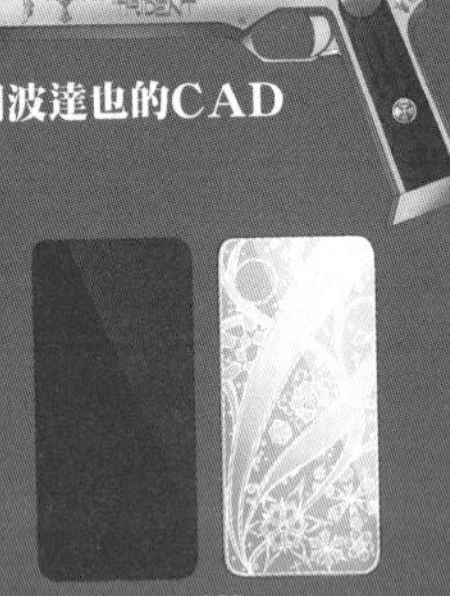
司波達也的CAD

司波深雪的CAD

Four Leaves Technology〔FLT〕
國內一家CAD製造公司。
原本該公司製造的魔法工學零件比成品有名，
但在開發「銀式」之後，
搖身一變成為知名的CAD製造公司。

托拉斯・西爾弗
短短一年就讓特化型CAD的軟體技術進步十年，
而為人所稱頌的天才技師。

Eidos〔個別情報體〕
原為希臘哲學用語。在現代魔法學，個別情報體指的是
「伴隨事物現象而來的情報」，是「事象」曾經存在於
「世界」的記錄，也可以說是「事象」留在「世界」的足跡。
依照現代魔法學的定義，「魔法」就是修改個別情報體，
藉以改寫個別情報體所代表的「事象」的技術。

Idea〔情報體次元〕
原為希臘哲學用語。在現代魔法學，情報體次元指的是「用來記錄個別情報體的平台」。
魔法的原始形態，就是將魔法式輸入這個名為「情報體次元」的平台，
改寫平台裡「個別情報體」的技術。

啟動式
為魔法的設計圖，用來構築魔法的程式。
啟動式的資料檔案，是以壓縮形式儲存在CAD，魔法師輸入想子波展開程式之後，
啟動式會依照資料內容轉換為訊號，並且回傳給魔法師。

想子
位於靈異現象次元的非物質粒子，記錄認知與思考結果的情報元素。
成為現代魔法理論基礎的「個別情報體」，成為現代魔法骨幹的「啟動式」和
「魔法式」技術，都是由想子建構而成。

靈子
位於靈異現象次元的非物質粒子。雖然已經確認其存在，但是形態與功能尚未解析成功。
一般的魔法師，頂多只能「感覺到」活化狀態的靈子。

魔法師
「魔法技能師」的簡稱。能將魔法施展到實用等級的人，統稱為魔法技能師。

魔法式
用來暫時改變伴隨事物現象而來的情報之情報體。由魔法師持有的想子構築而成。

魔法演算領域

構築魔法式的精神領域，也就是魔法資質的主體。該處位於魔法師的潛意識領域，魔法師平常可以意識到魔法演算領域並且使用，卻無法意識到內部的處理過程。對魔法師本人來說，魔法演算領域也堪稱是個黑盒子。

魔法式的輸出程序

❶從CAD接收啟動式，這個步驟稱為「讀取啟動式」。
❷在啟動式加入變數，送入魔法演算領域。
❸依照啟動式與變數構築魔法式。
❹將構築完成的魔法式，傳送到潛意識領域最上層暨意識領域最底層的「基幹」，從意識與潛意識之間的「閘門」輸出到情報體次元。
❺輸出到情報體次元的魔法式，會干涉指定座標的個別情報體進行改寫。

「實用等級」魔法師的標準，是在施展單一系統暨單一工序的魔法時，於半秒內完成這些程序。

魔法的評價基準（魔法力）

構築想子情報體的速度是魔法的處理能力、
構築情報體的規模上限是魔法的容納能力、
魔法式改寫個別情報體的強度是魔法的干涉能力，
這三項能力總稱為魔法力。

始源碼假說

主張「加速、加重、移動、振動、聚合、發散、吸收、釋放」四大系統八大種類的魔法，各自擁有正向與負向共計十六種基礎魔法式，以這十六種魔法式搭配組合，就能構築所有系統魔法的理論。

系統魔法

歸類為四大系統八大種類的魔法。

系統外魔法

並非操作物質現象，而是操作精神現象的魔法統稱。
從使喚靈異存在的神靈魔法、精靈魔法，或是讀心、靈魂出竅、意識操控等，包括的種類琳琅滿目。

十師族

日本最強的魔法師集團。一条、一之倉、一色、二木、二階堂、二瓶、三矢、三日月、四葉、五輪、五頭、五味、六塚、六角、六鄉、六本木、七草、七寶、七夕、七瀨、八代、八朔、八幡、九島、九鬼、九頭見、十文字、十山共二十八個家系，每四年召開一次「十師族甄選會議」，選出的十個家系就稱為「十師族」。

含數家系

如同「十師族」的姓氏有一到十的數字，「百家」之中的主流家系姓氏也有十一以上的數字，例如「『千』代田」、「『五十』里」、「『千』葉」家。
數字大小不代表實力強弱，但姓氏有數字就代表血統純正，可以作為推測魔法師實力的依據之一。

失數家系

亦被簡稱「失數」，是「數字」遭受剝奪的魔法師族群。
昔日魔法師被視為兵器暨實驗樣本的時候，評定為「成功案例」得到數字姓氏的魔法師，要是沒有立下「成功案例」應有的成績，就得接受這樣的烙印。

西元二〇九五年十月二十九日星期六，各班這天的課程都是自習。原本校內除了實習課都類似自習，二科生連實習課也像是半自習，真要說一如往常也大致如此——即使這麼說，平常上課時不會嘈雜到這種程度。

實習時偶爾會響起爆炸聲，所以形容為「校內總是鴉雀無聲」是誇大不實的宣傳，但平常即使鬧出騷動，學生們會更稍微遵守秩序一點。現在的失序喧囂聲，來自明天終於要上場的論文競賽最終檢查。

在這樣的狀況中，本應是當事人的達也，卻坐在教室的終端機前面默默上課。

達也之所以在研習和明天準備工作無關的課業，並不是摸魚不去準備，也不是代表資格遭到革除……考量到高中生的本分，無視於課業進行準備工作，才應該形容為「摸魚」。

在達也負責的範圍之內，能在今天進行的工作只有一項，就是在模擬正式上場程序進行預演時，檢視術式的運作狀況，若發現問題就修正（除此之外的檢查工作已盡力完成），但最重要的鈴音沒來學校，所以無法預演。達也昨天就收到鈴音「下午才會來學校」的通知，所以沒有焦慮或困惑，卻因而在論文競賽的準備過程變得無所事事。

第一堂課結束，達也稍稍伸個懶腰時，前方有人叫他。

達也投以目光的對象，不是前座以雙手手肘撐著椅背反坐的雷歐，而是在雷歐身旁呼喚他的艾莉卡。

「達也同學，你明天大約幾點進會場？」

艾莉卡努力裝作隨口詢問，但旁邊偷聽的雷歐卻搞砸了她的計畫。

這兩人到底共謀想做什麼……？達也如此疑惑地心想，但這種事沒必要隱瞞。

「八點在當地集合，九點開幕。最初三十分鐘是開幕典禮，所以九點半開始報告。每隊報告時間三十分鐘，中場換組時間十分鐘，上午共四隊報告。午休時間是十二點到一點。下午共五隊報告，在四點十分結束。接下來是評審與頒獎典禮，預定在晚間六點結束。」

「……那個，所以我們學校幾點上場？」

達也一口氣提供超乎預期的情報作為回應，這使得艾莉卡嚇了一跳，但似乎還是勉強在腦中整理完畢了。

打迷糊仗的戰略失敗，達也將方針改為率直回答。

「第一高中是倒數第二隊，下午三點開始。」

「那時間不就很寬裕？」

「算是吧，所以主講的市原學姊決定下午進會場。我與五十里學長會早點過去，負責看管機器並處理突發狀況。」

「這樣啊……總之就是當地集合吧。那展示機要怎麼搬過去？」

「學生會找了貨運業者負責。服部學長會隨行。」

「服部學長不是市原學姊的護衛嗎？」

「七草學姊與渡邊學姊說，她們當天會去接市原學姊。話說妳怎麼問這個？」

對於達也隨口的回問，艾莉卡顯得畏縮又支支吾吾。

至今默默聆聽的雷歐，斜眼朝沒有明講的艾莉卡一瞥之後開口。

「那個，能不能也讓我們幫忙看守？」

艾莉卡不滿地蹙眉卻沒多說什麼，看來兩人是預先說好提出這個要求。

「這我不介意……但你們為什麼主動想做這種麻煩事？」

達也堪稱理所當然地詢問這件事，使雷歐露出尷尬的笑容。

「沒有啦，那個……該怎麼說好呢……難得接受特訓，要是沒機會出場就結束，我總覺得不甘心……這樣。」

達也依序看向雷歐與艾莉卡，雷歐回以自嘲的笑容，艾莉卡則是不和他視線相對。

「我為了訓練這個傢伙甚至請假不上課，要是他沒上場事件就順利解決，不覺得這樣子好像笨蛋嗎？」

艾莉卡依然沒和達也相視，以不悅的聲音如此補充。看來她得知沒公開的特殊鑑別所事件之後，因為事件在他們不在場的時候解決，使得她心懷不滿。艾莉卡正是把呂剛虎這樣的對手視為假想敵來鍛鍊雷歐，或許難免覺得遺憾。

「無論基於何種動機，人手越多越好。何況還沒確定不會再發生任何狀況。」

「啊？事件不是解決了？」

幹比古忽然插嘴。從時間點來看，讓人覺得他肯定一直在偷聽。

達也沒有特別指摘他的偷聽行徑就回答——要是提到這一點，另一個鄰座朋友可能會大為慌張而造成大騷動。

「沒有規定每次出事只會發生一件事吧？」

推測是事件主謀的人物——陳祥山尚未落網。達也沒把這件事告知同伴們，今後也不打算告知。所以這個回應只是大眾論點，但達也認為目前這樣就足夠。

「聽說每年的論文競賽都有人覬覦，似乎也有當天賽後返程遭襲擊的案例。所以就算在正式比賽之前解決事件，也不保證比賽時不會發生其他事件吧？」

「對喔……說得也是。既然這樣，可以讓我們也幫忙看守嗎？」

幹比古像是仔細咀嚼這番話般點了點頭，再以充滿幹勁的表情提出了這個要求。達也面帶笑容向他點頭。

「嗯，靠你們了。」

即使解決一個事件也不能輕忽大意，這是正確的心態。

不過以結果來說，這時候的達也錯了。

鈴音在論文競賽前一天向校方請假，將預演延至下午，以空出來的時間造訪醫院。同行者只有服部。鈴音原本想單獨前來，但因為最近發生各種危險事件，真由美、摩利、梓與服部……總之周遭人們強烈反對，因此鈴音妥協由服部一人陪她來。

鈴音輕輕敲了敲單人病房的房門兩次。

「請進。」

一個溫文的女低音從室內應門。

「打擾了。」

「市原同學，歡迎。坐那裡好嗎？」

鈴音將服部留在走廊而進入病房，迎接她的是國立魔法大學附設第一高中的保健醫生安宿怜美。她先一步前來探視千秋。

病床上是一名坐起上半身、低頭不動的少女。千秋對鈴音的來訪毫無反應。

「醫生，平河千秋學妹的精神出現障礙了嗎？」

鈴音沒有刻意壓低音量，朝安宿提出這個聽起來魯莽的問題。

「不。看不出創傷後壓力心理溝通障礙或類似的症狀。不過，既然無法直接診察『心理』，就無法斷定她健康。」

「只要她聽得到我說話就夠了。」

鈴音聽完安宿的回覆之後，起身繞過病床走到窗邊，背對病床站著。接著就這麼沒看千秋而向她說話。

「平河千秋學妹，妳的做法無從吸引司波學弟注意。」

鈴音維持冷酷的語氣。沒有安慰或鼓勵，也沒有挖苦或嘲諷，只是冷靜點出事實。

「好意當然不可能，而妳也無法引起他的敵意或惡意。現在的妳對他來說，不過只是許多外人之一罷了。」

任何人聽到鈴音這番話，都會認知到這是事實。她的聲音蘊含這樣的力量。

「那又怎樣！」

或許正因如此，即使千秋頑強拒絕和他人溝通，鈴音依然成功引出她的話語與情緒——即使是百分之百的負面情感，這也是第一步。

「我自己也明白，我對那個傢伙來說只是許多外人之一，用不著學姊刻意點明！」

千秋面對紗耶香或花音都只展現抗拒心態，面對鈴音也維持相同立場。

但鈴音的反應和那兩人不同。

「我認為就某種意義來說，妳對司波學弟的評價很正確。」

鈴音如同沒聽到千秋的吶喊，繼續背對著她淡然述說。

「他確實是傲慢的人。外人再怎麼哭喊，他恐怕都不會在意。別說同情，甚至不會花時間嘲笑。即使遭受惡整，也只會當成風言風語驅離。大概等同於蚊蠅纏身吧。」

千秋低著頭，心有不甘地緊咬嘴唇。她明白鈴音是在指四月社團招生週的事。

當時千秋以為，達也就算受到惡整也無計可施，但現在她和大多數的一高學生一樣，明白這只是誤解。

那個人只要有心，就能逮到試圖以魔法暗算他的對手。

之所以沒這麼做，只是因為沒興趣。

別人實際以魔法攻擊，他也只當成蚊蠅騷擾，那麼連動手都不敢的自己，不就連螻蟻還不如了，不是嗎……

千秋為了壓抑悔恨的淚水湧上眼眶，不得不緊握拳頭到指甲插入手心的地步。

鈴音對這樣的千秋看都不看（或是佯裝沒察覺）依然背對著她繼續述說。

「千秋學妹，妳知道嗎？司波學弟第一學期段考的筆試成績，高到第二名以下的人完全追不上。尤其魔法工學是值得驚訝的滿分。」

「……那又怎樣？」

「而一年級魔法工學筆試成績的第二名，是妳。」

鈴音整個人轉過來。缺乏情感俯視千秋的冷酷表情裡，只有雙眼露出溫柔笑意。

「滿分一百分，妳拿九十二分。這麼好的成績，一般來說得第一也不奇怪。」

「……所以又怎樣？」

千秋的聲音隱含些許驚訝。她並非不知道自己的分數，但應該沒想到是全學年第二。

「很遺憾，妳在其他科目不可能威脅到司波學弟。但我認為，如果只限於魔法工學這個領域的話，千秋學妹有可能超越司波學弟。」

千秋猛然抬起頭。

睜大的雙眼表達「無法置信」的意思，也蘊含「或許有可能」的希望。

「我和司波學弟共事約三個星期後得知，相較於軟體，他似乎不太擅長硬體。他在硬體方面的技能當然也遠高於一般高中生水準，卻不像是遙遙領先的程度。一年級的魔法工學課程以軟體為中心，但升上二年級後，硬體課程的比重會增加。聽說千秋學妹比較擅長硬體吧？」

換個方式解釋鈴音這番話，就是等到二年級硬體課程的比重增加之後，將有反敗為勝的機會——千秋如此解釋。

這是過於稱心如意的想法——這句話掠過千秋腦海，但她不予理會。

自暴自棄的神色從千秋臉上消失，雙眼亮起專注一致的想法。鈴音見狀放鬆了表情。

「要是這份懊悔的心情可以維持下去，我想妳總有一天肯定能達成目標。」

鈴音沒說能達成什麼目標。

千秋也沒問。

不需要具體說出目標。

是模糊的「某種目標」就好。

「明天請到會場來吧。妳一定會有所收穫。」

離開病房的鈴音背影，也沒有映入千秋眼中。

或許能達成某個目標——這是名為「可能性」的麻藥。

注入時而會令步向衰竭死亡的精神復甦的藥物後，千秋內心開始產生劇烈變化。

「那個……市原學姊，要是您身體不舒服的話……」

走出病房的鈴音臉色很差，使得服部的聲音略顯狼狽。

「沒事，不用擔心。只是稍微自我厭惡罷了。」

鈴音絕對不是多話的人。她能言善辯，但基本上沒必要不會開口。她和真由美在一起時算是比較多話，平常則是堪稱沉默寡言。

知道這一點的服部，相當在意她所說的「自我厭惡」這句話，卻沒有進一步詢問，只是默默跟在她身後。

以鈴音的角度來看，正因為服部是這種會察言觀色的個性，她才會容許服部同行。而且自己正如預料，在這時候成為不希望他人搭話的精神狀態。

（真是的……看來我有當騙徒的天分。）

鈴音在冷酷的撲克臉底下，量產著自嘲的話語。

她的目的是讓千秋振作，但她這麼做，始終是因為惋惜千秋的天分。而且不是為了她自己，也不是為了和鈴音同學年的千秋的姊姊。

是為了母校。

市原家是失數家系。

現在（表面上）已經看不到對失數家系的避諱或蔑視，但只是這二十年的事。鈴音父母那一代，是在這種偏見依然根深柢固的時代度過青春期。鈴音的父親在魔法師社群嘗受到嚴苛的孤立感，至今仍向她隱瞞市原家是源自於「一花」的失數家系。

但鈴音兒時感受著這樣的陰影長大，並且在升上國中時，得知父親隱瞞的真相與理由。或許是因為如此，她對魔法師社會不太能抱持歸屬感。

她首度抱持歸屬感的對象是現在的學校——魔法大學附設第一高中。

所以她對提供這個契機的真由美，抱持近乎恩義的情感，愛校心態強得不輸任何人。

夏季的九校戰，鈴音他們第一高中幹部，對於低年級缺乏魔工技師人材抱持危機感。一年級男子組之所以成績不佳，不只是源自於心理因素，缺乏技師人材也是箇中原因之一。這是鈴音他們一致的見解。

第一高中有梓、五十里、達也三名傑出人材。

但是階層太薄。

除去這三人，魔工技能的水準就會大幅下降。

鈴音他們體認到，確保低年級（尤其是一年級）的魔工技師人材，是他們畢業前這半年的當務之急。挖掘優秀的二科生尤其是重點課題。先不提教師進行個人指導的一科生，要在教師無法顧及的二科生找出優秀人材，只有學生會與社團聯盟做得到。

其中，鈴音本次注意到的是平河千秋。

鈴音調查了這個拿著非法工具到處閒晃的一年級學生之後，發現她只在魔法工學維持優秀成績，也查出她具備高度的硬體維修暨改造技能。

一定要讓她把這份才華貢獻給母校。

為此，在千秋的內心植入並挑起對司波達也的競爭心態，是最有效率的做法——這是鈴音所做出的結論。

（總之，這樣並不會害得任何人不幸。）

……以這句話解決內心糾葛的鈴音，果然是適合形容為「冷酷」的少女吧。

今年論文競賽的會場在橫濱，所以第一高中代表隊是當天早上到當地集合。在會場是京都的去年，則是提早一天前去過夜。

基於相同理由，遠離首都圈的學校代表隊，是在競賽前一天或前兩天抵達橫濱過夜。「始源喬治」吉祥寺真紅郎所就讀，被列為今年奪冠大熱門的第三高中也一樣。

第三高中代表隊是最後上場的隊伍。依照現代交通系統的速度與舒適度，當天早上從金澤出發到橫濱也綽綽有餘，但沒人保證路上絕對不會出問題。因此代表隊與後勤成員，都在前一天剛過中午就從學校出發，預定在橫濱住宿一晚。

「喬治，時間差不多了。」

「該走了？好的，我立刻過去。」

吉祥寺專注閱讀著為了論文競賽而收集，卻和本次報告內容無關的資料。他在將輝來通知時如此回應，將手中的電子書架關機。

（沒辦法外借嗎……）

前往橫濱的車程是三小時，要發呆消磨時間的話有點久。

吉祥寺依依不捨，眺望著存放沒看完的文獻的電子書架。

然而儲存在裡面的資料，是限定只能在國立魔法大學相關設施使用，禁止攜出的文獻。即使申請外借也肯定會被駁回。

吉祥寺嘆了口氣，斬斷這份眷戀（沒這麼誇張就是了）。

他將裝置放回架上，拿起腳邊的旅行包起身。

成員們預定和載運報告器材的大型巴士，一起前往橫濱會場。

正確來說，是搭乘巴士前往貨運站，然後整輛巴士開進長程高速列車（足以容納整輛巴士的貨櫃如今相當普及），以最高六百公里的時速前往橫濱。無論如何，不用轉車就能筆直前往目的地（是直達的意思）。

雖然難以形容為平凡，但吉祥寺也是十幾歲的高中生。在無須顧慮其他乘客的旅途中，只要和朋友談天應該就沒空嫌無聊吧——他以這種想法轉換心情。

在橫濱應該會再度遇見那個人。

不對，在心情上，形容成「再度對壘」或許比較正確。

把暗自當成勁敵的第一高中一年級學生當成話題，順便拿那個人的妹妹消遣好友，應該也是快樂的消磨時間方式——如此心想的吉祥寺露出壞心眼的笑容。

◇　◇　◇

這裡是遠眺橫濱港的超高綜合大樓——橫濱港灣高塔。接近頂樓的酒吧，一對男女以夜景助興，享用杯裡紅寶石色的液體。

「今年的新酒品質挺不錯。」

「我不太會品酒。難得承蒙您招待好酒，真的很抱歉。」

不是平常的樸素妝扮，而是美妝加盛裝的藤林露出了豔麗的微笑。見狀，千葉壽和警部隨即慌張地搖了搖空著的那隻手。

「不，這瓶酒是這裡的私人釀酒廠無視於解禁日，一旦完成就由店裡供應的東西……並不是那麼高價的好酒……」

「哎呀，能夠享用剛完成的美酒，不是很美妙嗎？」

藤林將酒杯送到鼻尖，目光向下、輕輕轉動紅酒，再揚起視線看向壽和，令他露出有些抽搐的客套笑容。

「……那個，妳能喜歡是我的榮幸。多虧藤林小姐，本次案件好不容易理出頭緒，我想將今天這一餐當成本官小小的謝禮。」

「警部先生，彼此彼此。畢竟我也不能扔著他們不管。」

「是基於藤林家的立場？還是……不，恕我失禮。」

壽和在藤林絲毫沒醉的清醒視線注視之下，回想起兩人的約定。

藤林基於交換條件，願意提供情報並協助辦案

第一項條件，就是「不追究她的真實身分與目的」。

「不追究真實身分」這個條件，用在藤林響子身上很奇怪。因為壽和從一開始就知道她是古式魔法名門藤林家之女，也是十師族長老九島烈的孫女。

即使如此仍將「不追究真實身分」列為條件，反而顯示她具備某些不能見光的背景。

「話說警部先生，您今天邀我前來，只是為了『道謝』？」

「啊？」

千葉家長子差點打翻酒杯的樣子，使得出言暗算的藤林家千金輕聲一笑。

「如果警部先生方便，不只是今晚，希望您明天也能陪我一趟。」

「呃，啊，好……好的！只要不介意是本官，我樂意之至！」

壽和至今的人生，並非完全沒有異性緣。千葉道場有女性門徒，他學生時代也是遊戲人間，被妹妹嚴斥「壽和兄長大人不正經又不檢點」。

與其說他不習慣或不擅長應付女性，或許該說藤林很特別。

「謝謝。那麼方便約早上八點半在櫻木町車站見面嗎？」

「……早上？」

壽和在嫣然微笑的藤林面前愣住。

「國際會議中心將在明天舉辦全國高中生魔法學論文競賽，您不知道嗎？」

「不，我知道……」

「有個我認識的男生參賽，所以我想去加油。」

「這樣啊……」

壽和終究沒說出口，但他臉上寫著「和剛才說的不一樣」。壽和擅自將藤林的邀約解釋為「明天（晚上）也陪她」。

藤林要看透壽和的想法可說是易如反掌，但她的笑容絲毫不變。

「對了，可以的話，也請和您的部屬們知會一聲。不只是ＣＡＤ，要是還能準備武裝演算裝置與真槍，將會幫了大忙。」

「藤林小姐，妳的意思是……」

壽和鬧彆扭的表情瞬間變化，像是被潑了一盆冷水般繃緊。

「如果沒發生任何事，當然是最好的狀況。」

藤林如此回應千葉警部，靜靜傾杯飲酒。

全國高中生魔法學論文競賽舉辦日當天——

達也與深雪在途中沒遭遇特殊狀況，按照預定抵達會場。

大概是預先清空道路，載運展示裝置的拖車已經卸下器材。

五十里也先行抵達。

還看到帶著紗耶香前來的桐原。

即使準時抵達，他們兄妹似乎依然是最後會合的人。

「……哥哥，是不是該想辦法處理一下比較好呢？」

達也為了逃避現實而成為旁觀者視點的意識，被深雪的聲音拉回當事人的立場。

「非得由我想辦法處理嗎……？」

達也表情苦澀地反問，深雪表示「很遺憾就是如此」並點頭回應。

達也垂頭喪氣地移回視線看見的，是以凶狠表情互瞪的艾莉卡與花音。

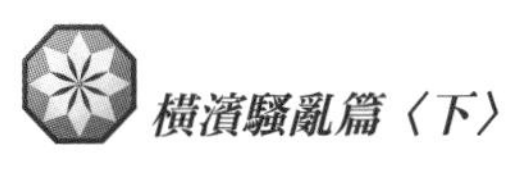

「怎麼了？」

場中和艾莉卡與花音兩人都有交情的人，並非只有達也。如果不考慮熟識程度，深雪姑且也和雙方交往密切，五十里的熟識程度也在達也之上。但花音應該不會接受深雪仲裁，五十里則是和本身意願無關，無法維持中立。

達也忍著不嘆氣，介入互瞪的兩人。

「啊，達也同學，早安～」

達也一搭話，艾莉卡立刻回以一個簡單的問候。

將對峙的另一方置之不理。

花音面對這幅光景，眼神變得更加可怕。

光是如此，達也就大致掌握狀況。

不過即使掌握也無法偏袒任何一方，這就是難處。

「——司波學弟，你來說說這個聽不懂人話的大小姐好嗎？」

（哎呀哎呀……不是「你也來說說」，是「你來說說」嗎……）

不曉得花音是否意識到這一點，但她這番話完全是想把處理現場的任務丟給達也。

「這樣啊……」

不過達也有種「無妨」的心情。無論花音基於何種意圖，此時與其聆聽雙方的說法，不如由

他獨自主導狀況。即使這樣比較強硬，但肯定比較省事。

「如果願意交給我處理，我就接受吧。」

達也這番話沒註明是處理「什麼事」，也就是要求花音完全委任。

花音立刻明白這一點，像是抗拒般地皺起眉頭。但她看向旁邊，確定五十里沒有異議之後，以不甘願的感覺點頭回應。

達也帶著艾莉卡與雷歐，坐在大廳角落擺放的沙發（深雪理所當然般坐在他身旁）。

「……總之，我大致想像得到是什麼事。」

達也在尷尬的兩人面前如此開口。

「艾莉卡也用不著正面硬碰硬才對。」

「……對不起，結果還是勞煩達也同學了……」

艾莉卡的態度難得如此可嘉，令達也感到詫異。但她我行我素的行徑，不是因為看不出他人的內心變化，而是因為看得出來才這麼做（正確來說是「明知故犯」）。因此，她這次特地過來想幫忙卻無謂生事，難免令她覺得尷尬。

在這方面，達也的洞察力堪稱還不到家。人心不像魔法能以單純方式測量透徹。他的語氣比意圖的還要溫柔，應該是來自於這種意外的感覺。

「——不用努力警備，在觀眾席加油就可以了。真的發生狀況的時候，你們就算協助收拾事態，應該也不會有人抱怨。」

達也在「協助」兩個字加上不自然的重音，艾莉卡隨即從老實的態度完全轉變，露出暗藏玄機，很像是在「打鬼主意」的笑容。

「這樣啊，協助是吧？」

「如果在開始之前閒著沒事，就來後臺『玩玩』吧。我們是『朋友』，不用客氣。」

達也這次強調「玩玩」與「朋友」的提議，使得艾莉卡與雷歐面面相覷，隨後一聲不響地露出了愉快的笑容。

到了即將開幕的時間，各校準備室都熱鬧不已。

順序排後面的學校得等候數小時，但是來參加論文競賽的學生，包括上臺代表以及跟來會場協助幕後工作的助手們，基本上都非常關切別校的報告內容。大廳當中看得到許多學生和別校的學生談天說笑。

而且，跨越學校界線交談的，並不只是學生而已。

遙之所以會來到論文競賽會場，並不是以第一高中的職員身分來工作，而是執行公安情報員相關的任務。

四月的事件使得公安對達也感興趣。正確來說，是遙在公安的所屬部門，對達也的真面目感興趣。不過只要試圖調查他的身分，上頭似乎就會施加壓力。遙並未直接受到壓力，是上司交付任務時發牢騷，她才得知這件事。

這反而加深課長的興趣，但課長不能出動正規情報員，因此調查任務落到遙身上。

遙當然有所抗拒。不只現在，達也從四月那時候，就不是她能夠應付的對手。遙努力如此訴求，但課長當然聽不進去。遙不擅長應付達也卻無法停止打交道，也是基於這樣的背景。

遙所接受的任務是調查達也的真實身分，但她已經找專家調查過數位資料，得到了「毫無線索」的結果。

她本來就沒有這方面的技能。雖說如此，她原先分配到的職責「在輔導時打聽情報」這方面也沒有進展。既然調查對象不來進行輔導，沒進展也是理所當然。

因此，她現階段採取的只有「注意對方的人際關係，尤其是校外的」這種效率很差，效果也令人質疑的手法。

遙的調查對象，正在第一高中分配到的準備室看管器材。她並不是找不到藉口進入準備室，不過如前面所說，遙不擅長應付達也。

夾在私情與義務感之間感到兩難的遙在幾經苦惱之後，決定採用消極的對策，也就是單手拿著罐裝咖啡，在大廳監視準備室的出入口（題外話，現在開罐式飲料已經絕跡，都是以回收為前提的寶特瓶）。

幸好沒白費工夫。她開始監視幾乎沒多久，就有一名女性造訪準備室。看年紀明顯不是高中生，應該也不是大學生。

大概和遙的年歲相近。

以長相比對記憶，並非校方相關人士。

不過，遙對她的長相有印象。

「……果然。」

遙以公安專用的偷拍攝影機拍下了影像之後，輸入終端裝置中進行圖像搜尋。藉此，遙確認自己的記憶正確無誤。

「電子魔女……」

在遙的學生時代，這名女性是英雄。考量到性別，或許應該形容為英雌才對，但遙覺得英雄比較適合。

在九校戰中協助第二高中奪冠的大功臣——電子魔女。

遙成為魔法師的夢想，在高中升學考就早早斷絕。這名少女是遙當時抱持著嫉妒與憧憬而仰望的對象。

聽說她升上魔法大學，後來進入防衛省當公務員，但她為什麼不是造訪母校二高的準備室，而是一高？

這一幕並不會過於不自然。今天是週日，穿便服也不奇怪，或許她是來預先挖掘優秀人才。她可能不曉得現在準備室裡只有司波兄妹，也可能是來找深雪。

但遙的直覺認為，她會成為查出達也真實身分的線索。

司波兄妹不曉得室外有人如此厲目監視——不，或許早就知道了也說不定——和來訪的藤林和樂地談笑著。

「深雪，好久不見。我們好像半年多沒見面了？」

「是的，二月之後就沒機會見到您，久疏問候。」

「我有去看九校戰。當時有邀請達也來飯店房間舉辦茶會，深雪一起來該有多好。」

藤林說到這裡，以「為什麼沒帶她來？」的視線，輕輕瞪向達也。

不過，達也不會因為這樣就惶恐。

「深雪一起來會很顯眼。」

他以眼神補充「外人看到應該不太好吧？」這句話。

深雪有些難為情，藤林則是無可奈何般地露出笑容。

——看來得把話講明，疑問才能得到解答。

「話說回來，藤林小姐。」

達也不以「少尉」稱呼。這裡是一般的公共（型）設施，即使預先檢查是否有竊聽或偷拍裝置，也不能完全放心。

「您來第一高中的準備室沒關係嗎？」

不知內情的人聽不懂這句話，對內情一知半解的人，在解釋時會被這種說法誤導。只知道藤林學生時代經歷的人，應該會解釋成「第二高中的校友到敵對學校的準備室和樂地聊天，這樣沒關係嗎？」的意思。

「沒關係。」

當然，當事人沒有誤解的餘地。

「在這種時候，擁有很多頭銜就很方便。我是防衛省技術總部兵器開發部門的技術軍官，造訪你這個在九校戰展現高度技術的學生，並沒有不自然之處。」

「即使您是藤林家的人？」

「就是這麼回事。所以達也叫我『藤林少尉』、『藤林小姐』或『藤林姊姊』都行。」

「慢著，我覺得沒有『姊姊』這種選項。」

藤林出乎意料俏皮的玩笑話，使得達也半認真地露出笑容——不過是苦笑一類。

「那麼，開場白到此為止……我帶了好消息與壞消息過來，你想先聽哪一個？」

達也心想這發展似曾相識，但他換個想法，認為定例就是因為重複出現才叫定例。

「那就先聽好消息。」

「……這時候照例不是應該『先聽壞消息』嗎？」

「那就先聽壞消息。」

藤林無奈地看向輕易改口的達也，但他毫無反應，藤林只能嘆氣。

「……不，算了。那就先說好消息。真田上尉要我轉達，之前提到的可動裝甲完成了，晚上會拿過來。」

「這樣啊……真了不起。不過等明天回東京再來就好吧……」

「明天會在這裡展示。這次計畫是上尉安插的，他應該是想儘早向你炫耀吧。基礎元件全仰賴你，所以上尉努力想把成品做好。他昨天還說『這樣就保住面子了』這種丟臉的話呢。」

「沒什麼好丟臉的。實際上，我這邊做不出足以用在實戰的成品。」

「這番話說給上尉聽吧，他應該會放心。」

藤林送了一個秋波，達也再度回以苦笑。

「那麼接下來是……壞消息。那個事件似乎不會就此告終。」

「發生了什麼問題嗎？」

達也的表情不只繃緊，而是超越繃緊達到嚴肅的程度，旁邊的深雪不安地仰望他。

藤林這次似乎也無法笑著帶過。

「詳情看這個吧。」

她說完遞給達也一張資料卡，似乎是得避免使用無線傳輸的內容。

「我這邊也做了不少防範措施……但或許會成為火藥味濃厚的事件。」

「我明白了，我們這邊也會做好準備以防萬一。」

達也兄妹倆相視點頭。

藤林見狀眉目一沉，卻沒出言制止。

「沒發生任何事最好……但發生狀況的話，就麻煩你們了。」

藤林再怎麼過意不去，他們依然是寶貴又強大的戰力。她的立場無法阻止他們出手。

◇　◇　◇

時間是八點四十五分，觀眾席即將坐滿。

達也閱讀藤林拿來的資料時，五十里帶著花音入內。

「司波學弟，換班吧。」

看守工作是依照各校報告時間輪班，順序則是事先說好。五十里對第二上場的第四高中主題「更換分子排列製作魔法輔助器具」感興趣，所以提議第一節報告時間由自己看管器材。

達也覺得等候室也有螢幕，不需執著於看守順序，所以依照五十里提議的時間表輪班。

「麻煩兩位了。」

達也以這句話完成交接，在深雪陪伴之下前往觀眾席。

——本應如此。

但兩人在大廳被人叫住。

「司波同學！」

對方呼喚的是深雪。

呼喚名字的聲音是名年輕男性，或者應該說是少年。語氣聽起來生硬，大概是因為這名少年感到緊張。這個聲音源自兄妹倆久違兩個月不見的人。

「一条同學。」

朝深雪搭話的是一条將輝。他左手臂是寫著「警備」的臂章，看來他參加這次論文競賽的身

分，不是第三高中代表隊的後勤人員，是以克人所率領的九校聯合會場警備隊的成員。應該是在會場執行巡邏任務時，發現深雪而前來打招呼。

「司波同學，好久不見，自從賽後舞會就沒見面了。」

「……是的，我才應該說久疏問候。」

將輝把深雪視為舞會共舞的對象，深雪則是把將輝視為哥哥新人賽的交戰對手。兩人的認知差異，導致深雪的回答出現接近不自然的短暫停頓。

深雪特別恭敬地行禮致意，藉以隱瞞或帶過這段空檔。

「啊，不，這是我要說的……」

將輝和達也不同，應該早已習慣這種上流階級的互動，但深雪完美的禮儀卻依然令他僵在原地。連旁邊的少年（應該是和將輝搭檔的警備隊成員）也像是失魂般愣在原地，這部分只能請多包涵。不過深雪的計畫漂亮成功。

「您在巡邏會場嗎？」

深雪嫣然一笑，像是後知後覺般詢問這個一看就知道的問題。

「啊，是的，我在巡邏。」

光是這樣就結巴，是不是有點太丟臉了呢？達也如此心想之後換了個心態，覺得對象是深雪就在所難免。

即使是最親近深雪，精神又受過改造的達也，有時候也會看到忘神。這名男性完全是外人，而且處於努力就有可能一親芳澤的立場，會過度在意深雪或許反倒是理所當然。

不知道哥哥想法的妹妹狀況越來越好，近乎是巔峰狀態。

「既然有一条同學負責戒備，我們也能更加安心。就麻煩您了。」

「染血王子」擔任警備成員確實可靠。達也同樣這麼認為，所以這堪稱是客觀的評價——不過會不會有點煽動過頭了？

「好的！我一定會盡全力滿足您的期待！」

不曉得將輝今天是否撐得到最後——達也不禁擔心起和自己無關的這件事。

「也請十三束同學加油。」

「謝……謝謝。」

和將輝搭檔的少年，在毫無前兆的狀態下忽然被叫到之後，結結巴巴地開口說出對同年級學生有些過於拘謹的回應。

達也剛才表示不用繃緊神經警備時，艾莉卡點頭回應，但她完全不打算只當個觀眾。達也他們前往準備室之後，她和隨後前來的幹比古會合，到大廳找到預先連絡會晚點到的美月。四人在尋找座位的時候，艾莉卡比起尋找「看得清楚的座位」更致力於尋找「可疑人物」。

或許該說辛苦有了代價，艾莉卡發現觀眾席後方角落，坐著似曾相識的人影。與其說似曾相識，應該說想忘也忘不掉比較正確。因為艾莉卡以前每天都會見到對方，即使是時間無法配合的現在，也大約兩天會碰面一次。

對方似乎也發現了艾莉卡。不對，或許對方發現的時間稍微早一點。考量到對方實力就無須訝異，但艾莉卡對此不太高興。

「咦？艾莉卡，那邊那位是……」

幹比古好像也發現了。他也認識對方，所以同樣無須訝異。

「艾莉卡，他是妳的朋友？」

「他只是個愛泡妞的小子罷了。反正應該是在等女人。」

所以在他人多嘴提議過去打招呼或是同坐之前，艾莉卡選擇佯裝不熟。

幹比古知道壽和與艾莉卡的感情不太好（應該說是艾莉卡單方面討厭壽和），因此他刻意不看雷歐的詢問視線，就像是不願意打草驚蛇一樣。

「深雪，妳認識十三束鋼？」

「是的。他在隔壁班，所以我知道他的名字與長相。我也想問哥哥，您認識他？」

兄妹找到空位坐下之後聊到的話題，不是久違再會的將輝，而是彼此幾乎沒交談的十三束鋼——所謂的單相思就是這麼回事吧。

「十三束是澤木學長社團的學弟，除去這點，十三束家的『Range Zero』也很有名。」

十三束家是百家最強之一。即使是消息不如達也靈通的人，也大多知道出身於這個家系的異端魔法師。

「你們在聊什麼？」

此時加入話題的，是本應早就前往觀眾席的艾莉卡。

「艾莉卡，只有妳一個人？雷歐怎麼了？」

他們兩人直到剛才都在一起，達也如此詢問堪稱理所當然。

但艾莉卡板起臉，露出不悅的神情。

「……達也同學，我想趁這個機會說清楚。」

艾莉卡不會沒常識到在許多外人之中大吼大叫，但她壓低的聲音也具備充足魄力。

「可以別把那傢伙和我當成形影不離嗎？我只是傳授那個傢伙招式與武器，完全沒有任何更進一步的關係。」

「我沒那個意思就是了……」

達也再怎麼說也不是「老實人」，但如果只限於此時此地，這完全是他的真心話。他並未刻意影射什麼事。

即使如此，艾莉卡也回以如此敏感的反應，換個角度來看，不就代表她強烈意識到這種事？

達也如此心想，但沒有壞心眼到說出口。

「話說其他人呢？」

自從九校戰的歡送會之後，一年E班的同學們似乎培養出莫名的興致。記得這次也有人說要以「大家一起去加油吧！」的氣勢聚集到會場。

「班上其他同學應該還沒來吧？畢竟知道我們學校的順序是下午。啊，不過美月與Miki來了。他們感情融洽地坐在更前面的位置。」

艾莉卡坐在達也身旁咧嘴一笑。

看來她討厭被說閒話，卻喜歡說人閒話。

達也心想，艾莉卡在這方面也是個平凡的女孩呢。

上午九點，全國高中生魔法學論文競賽不是在華麗氣氛之中，而是在莊嚴氣氛之中開幕。九校戰即使有軍方協助，終究是「學生之間」的對抗賽。相較之下，論文競賽是以大學、企業、研究機構等「大人」為對象的發表會。在這裡的報告內容，也可能直接決定畢業後的出路（會接受

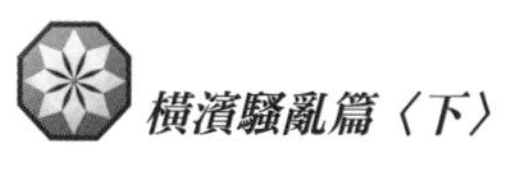

各方延攬）。主辦單位也受到在場列席的魔法學權威的影響，態度上容易注重排場。

重視形式的枯燥開幕致詞結束，最初上場的第二高中開始報告他們的主題——「以聚合魔法測量並運用黑暗物質」。

到了開始報告的時間，大廳人影如同退潮般消失。

對魔法技術本身不太感興趣的遙，覺得反正閒著沒事，不如到咖啡廳小睡片刻。在她正要付諸執行的時候……

「小野老師。」

從旁邊入口進入大廳的熟人前來問候。

「安宿醫生。」

遙是照顧第一高中學生心理層面的輔導老師，安宿是照顧學生身體層面的保健醫生。兩人即使不到「私下也是朋友」的程度，依然有著會親密交談的交情。

「小野老師也來看論文發表？記得妳好像說過不太關切這件事……」

這番話隨著語氣不同，聽起來可能尖酸刺耳，但是以安宿溫文的語氣說出來，遙自己都有種「我說過這種話嗎？」的感覺，簡直不可思議。遙有點羨慕安宿這種吃香的人格特質，覺得她比自己更適合從事輔導工作。

「不，只是因為有些事讓我有點在意罷了……不提這個，我才想問安宿醫生怎麼來了？是陪她來嗎？」

如遙所說，安宿並非獨自前來。她身旁帶著一名不是穿制服，氣氛卻完全是高中生的少女。遙總覺得看過這名少女，但至少不是她所輔導的班級的學生。

「是的，平河同學說想來看看今天的發表會。其實她大病初癒，身體狀況還不完善，我就像這樣陪她來了。」

只聽這番話會覺得是特例的ＶＩＰ待遇，但遙聽到了平河這個姓氏，便隨即明白狀況了。遙沒有實際接觸這次接連發生的情報竊取未遂事件，但她要寫報告提交到所屬的公安部門，所以掌握了事件概要。

讓她目睹同樣是高中生的活躍，刺激她訂立目標來矯正品行。從心理學觀點，這樣的對應方式也很合理。

「這樣啊，您辛苦了。」

遙率直地對安宿投以慰勞的話語。

雖然稍微拖延，但遙按照預定來到咖啡廳懶散地打發時間。點一杯咖啡就坐二十分鐘的她，對店家來說不算是好客人。

要是這樣消磨時間下去就能下班，今天的工作就實在太輕鬆了——遙很想這麼說，但世間終究沒這麼好過。世間的風（？）甚至對她不太友善。

「方便借點時間嗎？」

忽然傳來的聲音，使得遙的心臟瞬間停止。

就像是填補這段空白，她的心臟在下一瞬間全速運作。

——不用說，這兩種狀況都是錯覺。但她就是如此驚慌，心跳與呼吸都變得紊亂。

向遙搭話的是藤林。

「呃……好的，請坐。」

「謝謝。」

藤林以高雅動作坐下，以溫和聲音向立刻前來的女服務生點了一杯紅茶。

相較於藤林穩重的舉動，遙難掩焦慮神色。

這也在所難免。因為理應是她所監視的對象，出其不意地前來搭話。

遙完全猜不出對方的意圖，因此也無法主動提出話題。直到藤林喝一口女服務生端來的紅茶並輕吐一口氣，她都只能注視正前方的座位。

「……這麼專注地看我，我還是會覺得不好意思呢。」

遙聽到這樣的指摘，才察覺自己一直在凝視對方。她就是如此亂了分寸。

「對……對不起。」

羞恥心加強內心的動搖，但藤林的下一句話，令遙的內心迅速冷卻。

「別這麼說，我很榮幸能夠受到『魅影女郎』的注目。」

「……沒想到『電子魔女』知道我這種人，我才覺得榮幸。」

遙的語氣變得比平常冷漠，但這種變化也是在所難免。

藤林說出的別名「魅影女郎」，不像藤林的別名「電子魔女」那麼廣為人知。是只在非法諜報活動幹員之間悄悄流傳，對某個身分不明的女間諜冠上的代號。

光是藤林查出遙是「魅影女郎」，就足以令遙抱持必死的決心。

藤林隨口就說出如此重要的祕密，反而令遙體認到她「來意」的重要性。

「所以，您找我有什麼事？」

遙臉上浮現覺悟取代動搖，藤林看到她的表情滿足地微笑。

「不用我說下去，您應該也明白吧？」

「……不好意思，我不像您這麼優秀。」

其實如藤林所說，遙早已正確預測對方的要求。

但要她親口說出來，點頭表示「我明白了」——等同於舉白旗投降。

「您真謙虛。明明在大學與研究所都以優秀成績畢業，九重老師也對您讚譽有加。」

遙在心中咂嘴。

藤林家是古式魔法名門。那麼，和同為古式魔法權威的九重八雲來往密切也不奇怪。

另一方面，遙是在今天不久之前，才把藤林當成「任務對象」。

手中的牌完全屈居劣勢。

「……我並不打算強人所難。」

這不是藤林在讓步，是誇示自己居於優勢的心理作戰。

「我只是提議，彼此應該維護好自己的領域。」

藤林完全沒具體說明，卻提出沒有誤解餘地的要求。

遙不得不承認，自己完全被逼入絕境。

「……我聽不懂您的意思。」

其實遙明白藤林這項提議的意思。藤林的要求正如遙的預測。藤林是在要求內情不要干涉她──也就是軍方的行動。

而且，藤林也知道遙聽得懂話中含義。

「我可以直說嗎？」

藤林若無其事看著緊咬臼齒的遙。

可惡的母狐狸！即使現在的遙如此狠瞪，也只是死不認輸。

「放心，我並不是來責備妳。」

這番話代表藤林已經占盡優勢。

藤林輕盈地起身，連遙的帳單也拿在手上。

明明可以在桌邊結帳，卻刻意前往收銀臺買單，也是一種挖苦。

遙與藤林的第一次戰鬥，以遙的全面敗北作結。

（……但我並不是毫無收穫！）

在這個時間點前來叮嚀，至少代表司波達也與藤林響子之間，有著非得保密的關係。

只有這一點可以確定。

遙自覺變得意氣用事，但依然在心中發誓雪恥。

第一高中今天的主角鈴音，比預定時間早一個小時，於十一點多抵達會場。第三個上臺的第五高中，正以「控制地殼變動並柔和抽取板塊扭曲能量」這個過於壯大的主題開始報告沒多久。

達也在等候室迎接鈴音、真由美與摩利三人前來。

「人家太早來了。」

真由美劈頭的第一句話，令人很想反問她到底幾歲。達也思考該如何回應這句話。

「怎麼了？」

「沒事……三位比預定時間早來，是基於什麼原因嗎？」

摩利與鈴音面不改色，要是只有自己露出疲態就輸了──達也以這種想法自我打氣，決定先以完全不重要的問題重整態勢（此外，深雪完全維持不看、不聽、不說的明哲保身立場）。

遲到是天大的問題，但早到完全不會造成影響。

提供放置器材的等候室十分寬敞。現狀除了達也他們兄妹，好幾名工匠風格的高年級學生，如今依然忙於調整回路之類的工作。就算增加三個女學生也不會礙事。

「因為偵訊比預料還早結束。」

原本一點都不重要的問題，摩利卻回以不能當作耳邊風的答覆。

「又偵訊？而且刻意選今天？」

不用問就知道她們是去偵訊誰。畢竟達也在現場目睹關本被捕。而進行不算是正當，坦白說根本就非法的偵訊時，達也同樣在場。

不過，只有一次而已。

不是達也只在場一次，是至今只能好好偵訊關本一次。

呂剛虎襲擊事件之後，關本陷入錯亂狀態。摩利抱持自信斷言不是因為她的魔法，因此應該是生命遭受威脅造成的恐慌。關本不可能沒察覺那次襲擊的最終目標是他的性命。因此，連專業人員也無法從關本口中問出詳情。

「其實是想在昨天解決……」

「但是遲遲沒獲准……這種事又不能拿家裡名號施壓。」

達也心想說得也是。只要不是犯罪組織，既然診斷是心理疾病，就無法強行申請偵訊。

「但為什麼是今天？既然有這層原因，我覺得可以等到明天再問。」

「這種論點真樂觀，不像你的作風。」

達也自認提出理所當然的疑問，卻不知為何受到了摩利規勸。

「關本與平河家妹妹的目標，是論文競賽的資料。但其實不只如此就是了。總之既然目標是資料，幕後組織在競賽當天採取新行動的可能性絕對不小。」

「嗯，應該有可能吧。」

達也同樣預料到這種事。但即使在今天早上掌握幕後組織的相關情報，也沒有足夠時間採取追加的因應措施，只能以預先配備以防萬一的部隊處理緊急狀況。即使是君主極權時期的常備部隊，也不可能接到命令就立刻動員軍隊。

會場警備是以克人為首，建立儘可能立刻應付緊急狀況的體制。既然關本不曉得具體襲擊計畫，偵訊他絕對不是今天的優先事項。

但達也的工作並非指摘這一點。

「沒錯。確實只是有可能，卻不能無視。情報越多越好。」

以今天來說，比起無法活用的情報，鈴音的身體狀況才是優先事項。既然如今這方面也已經處理結束，就不需要刻意指摘。

「原來如此。所以問出什麼情報了嗎？」

「嗯。今天重新聽關本供述就發現，他有受到心理控制的痕跡。」

「……手法真正統。」

暫且不提實際的有用程度，連達也都不禁為這個情報感到驚訝。

「精神檢測沒有查出異狀嗎？」

在春季，紗耶香受到心理控制而加入恐怖集團的「Blanche」事件過後，第一高中學生有義務定期接受精神檢測。

將來會成為治安、國防棟梁的魔法師，要是被洗腦成為外國的黨羽，可不是鬧著玩的。對於校方高層及幕後的政府機構來說，那個事件是足以將「學生隱私」置之度外的惡質惡夢。

如果又發現其他心理控制的受害者，這種措施就不算過當。但是相對的，也會令人質疑精神檢測究竟有什麼用。

「精神檢測是在每個月的月初進行。關本很可能是後來才受到控制。」

「手法真高明……是使用藥物嗎？」

「我和真由美都不是這方面的專家，沒辦法查得這麼詳細。」

摩利的回應令達也質疑「真的嗎？」但他沒在這時候多說什麼。

「精神科醫生什麼都沒說，所以肯定不是普通手法。說不定是真正的『邪眼』。」

真由美的意見比摩利稍微深入。

「是先天的系統外魔法使用者嗎……」

「邪眼」是白俄羅斯在新蘇聯成立之前開發，交接給獨立派恐怖組織的光波振動系魔法。先天具備精神干涉型系統外魔法的魔法師與其不同，據說某些魔法師高明到能改寫整個人的人格。如果是擁有這種「真正邪眼」的人，或許可以在短期間內，在當事人與周遭都沒察覺的狀況下改寫其行動原則。

「總之，即使是再強的精神干涉魔法，如果對象沒有能夠施加魔法的基礎，魔法似乎就無法順利生效。」

這部分和催眠術一樣。人類心理看似脆弱卻意外堅固。要干涉不具指向性的情感或衝動就算了，如果要干涉確切的行動原則，很難光靠魔法——透過精神對精神產生作用來達成。

「關本原本就不滿國家祕密管理魔法。他提倡全世界必須共同分享魔法式與啟動式的知識，魔法才會真正進步。也就是秉持所謂的開放程式碼主義。」

摩利接續真由美的話語，以苦惱的語氣這麼說。

「這種主義在學術層面沒錯，但從國際對立儼然存在的現實來看，就稱不上正確。」

真由美以同情的語氣低語。

「應該說是錯的。」

達也一語駁回。至少對他來說，不切實際的思想沒有意義。

「……達也學弟真嚴厲。」

「……總之，關本是這種理想主義的心態，被對方趁虛而入。他堅定地認為，魔法先進國有義務將優秀的研究成果傳授給魔法後進國。」

「所謂的後進國，具體來說是哪裡？」

摩利對達也這個問題的回覆，不甚讓人滿意。

「沒問出來。當事人似乎也不曉得。」

「……換句話說，意識遭受鎖定了。」

原來如此，所以才確定關本遭受心理控制——達也如此推測。

「因此，我們無法預料今後的事態。」

摩利以帶著緊張感的語氣這麼說，真由美以擔心的語氣補充。

「我覺得對方也有可能採取超乎我們想像的激烈手段。我們接替範藏學弟陪在鈴妹身旁，也請他繼續注意會場動靜了。達也學弟也真的要小心喔。」

「我會小心。」

達也自認從聽過藤林的建議之後，就絲毫沒有鬆懈下來，但他還是率直地點頭接受真由美難得的善意。

達也等人討論這種不太平靜的話題時，鈴音完全不改平靜態度，重新閱讀著原稿。

在同一棟建築物的通訊包廂，藤林收到了一個無法只評為「有可能」的消息。收到緊急通知的她，急忙尋找無人使用的包廂，在無須擔心他人聽到之後回撥。從她的語音通訊元件傳達而去的消息是……

「呂剛虎逃走了？恕屬下冒昧，這是確實的情報嗎？」

『本官能體會貴官不願相信的心情，不過是真的。』

透過線路傳來的風間聲音不像是開玩笑。何況風間不會開這種惡質玩笑。

『護送車前往橫須賀途中遭受襲擊，無人生還。』

「而且沒找到呂剛虎的屍體是吧……話說回來，為什麼刻意挑今天移送……」

『因為論文競賽終究只是高中水準的活動。』

「恕屬下失禮！」

風間循規蹈矩地回應藤林下意識的牢騷，得知這一點的藤林慌張地修正態度。

『但本官能理解貴官質疑為何挑選今天。』

不過，風間的個性不會在意瑣碎的禮儀。

『劫囚作戰選在「趕得上今天」的時間進行，推測是基於某種意圖之下的行動。至少得考量這種可能性。』

風間是實戰派，至今本質上依然是前線指揮官。他最重視的就是實際性。

『幸好多虧明天預定要在保土谷測試新裝備，所以已完成出動準備。我們這邊決定提前從現在就出發前往那裡，預定抵達時間為一五〇〇。』

「收到，敝官會注意狀況。」

『少尉，拜託了。』

位於通訊包廂的藤林，即使知道風間看不見，依然敬禮回應長官指示。

從真由美那裡接到任務內容變更指示的服部，帶著桐原造訪克人轉達這項指示，並且回報剛才得知的偵訊結果（此外，桐原讓紗耶香和艾莉卡一起去用餐）。

「我知道了。服部與桐原一組，負責監視會場外圍。」

「是！」

剛好在用餐的克人指示兩人共桌，一邊吃著便於拿取的三明治，一邊聆聽服部報告到最後。

接著毫不猶豫地賦予他們新任務。

平常都是這樣就結束。克人鮮少向低年級徵詢意見。

「服部、桐原，關於現狀，你們是否感覺到哪裡不對勁？」

然而在今天，克人口中說出鮮少出現的例外。

「不對勁？」

桐原看向服部，服部稍微猶豫之後開口：

「……即使考量到橫濱這座都市的特性，外國人的人數也似乎稍微過多。」

服部並不是在橫濱長大且具備地緣關係的人，不過凡事正經以對的他，為了今天的警備，於上週與上上週前來會場周邊探勘過。服部覺得和當時相比，今天外國人的人數明顯增加。

「服部也這樣覺得啊。」

「是的。十文字學長也這麼認為？」

「嗯。桐原怎麼樣？」

「很抱歉，我沒注意到外國人這部分。不過……」

「不用顧慮。」

「是。不過，我覺得比起會場內部，市區的氣氛莫名充滿殺氣。」

「嗯……確實如此。」

克人點頭之後的沉思時間不到十秒，服部與桐原卻覺得克人沉默了十分鐘以上。

這股沉默就是如此沉重。

「服部、桐原，從下午開始，巡邏時穿上防彈背心。」

兩人睜大了雙眼注視著克人。

這種態度稱不上符合禮儀，但克人絲毫不以為意，拿起手持短程無線電機。

他親口向聯合警備隊所有人，下達和兩人相同的指示。

◇◇◇

下午的報告按照預定，從一點開始。

第一高中是三點上場，下午競賽開始之後只剩兩小時。上午輪流看守器材的達也與五十里，也在進行細部程序的最終討論。

彼此各有一人陪同。

達也有深雪、五十里有花音。

上午調整器材的「工匠」們，如今也無影無蹤。

真由美與摩利也移動到門邊，以免打擾鈴音。

此時，響起一個微小的敲門聲。

真由美輕輕開門一看，外面站著一名比她還矮，繼任她職務的少女。

「哎呀，小梓，妳離席沒關係嗎？」

真由美之所以會如此輕聲地詢問，是因為梓受命擔任評審。

全國高中生魔法學論文競賽，沒有觀眾評審團的制度。席上觀眾會在換組報告時大換血，所以根本不可能讓觀眾擔任評審。

雖然不是用為替代方案，不過除了專業領域的評審，各校會派出一名學生評審，為自己以外的學校打分數。

各校都依照慣例派出學生會長。第一高中也遵照慣例，所以梓從早上就在擔任評審。

「下午第一組提早結束，所以我來看看大家的狀況。」

「妳是來為我們加油打氣的嗎？中条學妹，謝謝妳。」

「啊，別這麼說……鈴音學姊。不好意思，有妨礙到您嗎？」

即使梓輕聲細語地說話，鈴音還是從房間深處搭話，使得梓嬌小的身體縮得更小了（這當然只是感覺）。

「到目前為止，哪間學校有望奪冠呢？」

五十里也轉頭加入對話。梓一進房，兩人就中斷討論，但不是因為五十里看不起達也——真是如此的話，準備室或許會捲起強烈的暴風雪。

「果然是第四高中吧。今年他們製作的器材也很用心。」

梓的評價使得五十里微微歪過腦袋。

「但我覺得有點標新立異過頭了。」

第四高中的上場順序是上午第二組，五十里矚目的學校也是第四高中。

「不過，能將那麼複雜的魔法組合，毫無破綻地整合為單一系統，果然很厲害……啊，不好意思，下一場要開始了。請各位加油。」

梓到最後都沒忘記自己的來意。基於這點，或許她這個學生會長也當得有模有樣了。

固定班底一起坐在觀眾席。

在午餐時間會合的穗香與雫、帶著武器摩拳擦掌的艾莉卡與雷歐，都在觀眾席乖乖地等待達也他們上場。

「幹比古……狀況怎麼樣？」

但並非所有人都只是乖乖地等待。

「目前無異狀。」

聽到雷歐輕聲詢問的幹比古，提供他和放出去的探查精靈進行知覺同步得到的情報。

「美月？」

「還沒看到奇怪的東西。」

美月搖頭回應艾莉卡的簡短詢問。

並且將取下的眼鏡暫時戴上。

位於觀眾席的他們，提防著不曉得是否會來的「敵方」襲擊。

被藤林警告的遙，無法繼續執行公安任務。其實她可以直接回去，但這樣就像是捲著尾巴逃走，令人不悅。她基於這種不甘願的心態坐在大廳角落，心不在焉地觀察來往的人群。

「小野老師。」

此時，後方傳來聲音。

「廿樂老師？」

轉頭一看，一高代表隊的帶隊教師（理應如此）廿樂，一副閒著的樣子站在後方。

「妳在這種地方做什麼？」

「不，沒做什麼……只是稍微休息一下。我才想問廿樂老師，你在這裡沒關係嗎？」

遙的詢問使得廿樂露出五味雜陳的笑容。

「這次的代表隊很優秀，沒有小生出面的餘地。」

原來他會自稱「小生」啊……思考這種事的遙，在他說到「優秀」時下意識點頭。

「而且……小生莫名有某種不好的預感。」

嘴裡說「某種」，語氣卻沒有含糊之意，使得遙感到緊張。

廿樂是年紀輕輕就有望角逐魔法大學副教授寶座的魔法研究者暨魔法師。

他專攻魔法幾何學，其中以「多面體理論」這個領域的研究為人所知。

把巨觀現象解釋為三角錐或四角柱這種單純多面體的聚合物，以虛擬多面體的運動掌握現象變動，編組魔法式操作虛擬多面體運動藉以改變事象。這是現代魔法理論的研究方向之一。

現代魔法的缺點，在於難以針對事象某部分進行改變。以克服這個缺陷為出發點的多面體理論，甚至被當成預測未來的技術而受到重視。

將世界視為單純立方體聚合物的認知系統，將這個以無限交互作用交織而成的世界抽象化，在術士眼中成為相互作用的單純多面體。抽象化、模組化的世界認知方式，易於從有限的情報當中模擬未來的事象。

廿樂身為多面體理論的年輕權威，他的「預感」或許是具備某種準確度的「預告」。

「……但我也有種預感，事態不會落得最壞的結果。」

遙衷心希望他像是打圓場般追加的這句話，並非一時安慰的話語。

◇　◇　◇

時間來到下午三點，第一高中代表隊按照預定時間開始報告。

本次論文競賽中最受矚目的，是第三高中發現「始源碼」的吉祥寺真紅郎。不過宣布以加重系魔法技術的三大難題之一「重力控制型熱核融合反應爐」為主題的第一高中，報告內容也受到莫大矚目。會場除了第一高中的教職員與學生，還聚集許多魔法大學相關人士與民間研究機構研究員。觀眾們以熱中的視線投向講臺。

擺放大型設備的舞臺，以自然色的燈光照亮。國際會議中心的音響設備，流暢地響起鈴音壓抑音調起伏的清澈女低音。

五十里在她旁邊操作展示機器，達也在舞臺旁邊切換ＣＡＤ螢幕與啟動式。

「……核融合發電進入實用階段的必要條件，已經在上一個世紀解明。」

鈴音站在巨大玻璃球旁邊。

達也指定釋放系魔法的啟動式。

鈴音將手放在ＣＡＤ操作面板的瞬間，封入玻璃球裡的氘氣電漿化，和玻璃內側的塗料起反應，釋放出輝煌的閃光。

這個花俏的演出，使得觀眾席略微興奮。

「其中一個要素，在於用作燃料的氘氣電漿化並產生反應的所需時間，以及必須維持這個狀態。這個問題已經以釋放系魔法解決。」

不過，這幅光景以前曾經實際示範好幾次，在創新層面缺乏吸引力。

「核融合發電的主要障礙，在於違抗電漿化原子核的電流排斥力，造成融合反應的這段期間，必須讓原子核相互接觸。」

釋放閃光的球體熄滅，巨大螢幕從舞臺中央降下。

「希望以非魔法技術讓核融合進入實用階段的先人們，試著施加以強大壓力，以期戰勝電流排斥力。」

畫面以分割方式，顯示直到這個世紀前半持續進行的實驗影像與模擬動畫。

「不過，無論是以超高溫提升氣體壓力，或是利用表面物質氣化的內爆壓力，都無法完成穩定的核融合反應。其中包括各式各樣的理由。例如儲存容器耐久度的問題、燃料補充的問題。也有例子是成功維持核融合之後，卻因為產生的能量過大而無法實用化。但是所有問題都集中於一點，就是在欲進行核融合並取出能量的距離之下，電流排斥力過於強大。」

此時螢幕往上升。後方是兩顆巨大圓筒狀的電磁鐵，分別以四條繩索吊起來相對，乍看之下是很原始的實驗機器。

五十里拉起其中一個圓筒（只是演得像是用手拉，其實是以魔法舉起來）然後放手。電磁鐵迅速擺盪，對面的電磁鐵在衝撞之前，朝反方向揚起。

「接下來的部分無須重新贅述。距離越近，電流排斥力就會以等比級數增強。具備強大同極庫侖力的物體，排斥力和距離成反比，兩者不會相互撞擊。」

鈴音站在無聲地持續擺盪著的實驗機器旁邊，戴上了護耳設備後，把手放在設置於支柱的操作面板上頭。

這一瞬間，如同連續敲響超大銅鈸的轟聲迴盪在會場。

鈴音移開手，兩個電磁鐵再度恢復為無聲的擺盪。

「不過，電流排斥力可以使用魔法減弱。這次我們成功開發的魔法式，能將有限空間內的表象庫侖力減少到十萬分之一以下。」

鈴音並未特別提高音量。

但她這番話大大地造成會場的轟動。

主展示機趁著這陣騷動，從舞臺底下升到舞臺中央。

真要形容的話，那是以透明材質製作的巨大活塞引擎。從透明外殼看得到裡面是巨大圓筒，鏡面加工的活塞從下方插入，和轉動裝置與調節輪連結。圓筒上方是兩個活門，延伸出來的透明管子，插在裝滿水的水槽。

「考量到中子束的有害性質，本裝置使用的不是氘氣，是氫氣。充填於圓筒內的氫氣，經過釋放系魔法電漿化，再同時發動重力及庫侖力控制魔法。以庫侖力控制魔法降低排斥力的氫氣電漿，經過重力控制魔法聚集在圓筒中央，產生核融合反應。以這個裝置發動核融合反應的所需時間為零點一秒。如各位所知，核融合反應不會自主持續產生。若沒有以外力持續產生作用，就會立刻停止反應。本校的重力控制核融合機關，將會積極利用這樣的特性。核融合反應停止之後，以振動系魔法將氫氣冷卻到容器能夠承受的溫度。這時候回收的熱量，會挪用為控制重力與庫侖力的能量。受到重力控制魔法產生的重力力場吸引而來的活塞，會基於慣性持續上升，將冷卻到適溫的氫氣送入熱交換用的水槽……」

鈴音繼續解說時，五十里將手放在實驗機的操作面板。電漿化、控制庫侖力及重力、冷卻、能量回收、電漿化、控制庫侖力及重力……五十里穩定地發動這個循環數十次的魔法。

「現階段必須由高階魔法師維持這架實驗機的運作，但我相信只要提升能量回收效率，並且以設置型魔法來取代，總有一天可以實現夢想，打造出只在啟動時需要魔法師的重力控制魔法式熱核融合反應爐。」

鈴音如此總結的同時，會場掌聲如雷。

重力控制型熱核融合反應爐，之所以被認定在技術上不可能實現，原因在於施加重力控制魔法的對象——也就是質量，會在核融合反應過程中逐漸減少。重力控制魔法是對質量產生作用的魔法，要是質量改變，魔法立刻會出現「對象不存在」的錯誤而停止。因此即使可以促成核融合爆發，也號稱不可能持續進行核融合。

在併用庫侖力控制魔法之後，重力控制魔法的所需強度就下降，進而不再執著於「持續性」的核融合反應，而是以新技術「循環演算」實現「斷續性」的核融合反應。觀眾毫不保留地讚賞這個了不起的構想。

論文競賽的時間是報告三十分鐘，換場十分鐘。在這十分鐘，前一組必須收拾展示裝置，下一組也得完成布置工作。相較於報告時間，各校代表與後勤人員反而是在換場時忙碌至極。

達也收拾報告用中控臺的時候，下一隊的控場人員（也就是和達也職責相同的助手）也前來安裝中控臺。

「你們真有一套。容我說聲了不起。」

剛開始達也不知道這句話是在對他說。現在應該沒時間閒聊才對。

但聲音的方向似乎是朝著自己。達也如此判斷而抬頭一看，站在前方的吉祥寺真紅郎，露出無懼一切的笑容。

「我應該說聲謝謝嗎？」

「不，我並不是期待你道謝。」

達也「啪」一聲蓋上蓋子，抱起和桌面混音器差不多大小的中控臺。接著，吉祥寺刻意把中控臺的盒子放在相同位置。

舞臺兩側都設置連結管線，因此一般來說都是左右交替使用，不曉得吉祥寺是不是有什麼原因非得和達也同一邊。

「重力控制術式是運用亦使用在飛行魔法的普及術式；庫侖力控制術式，是前任天狼星——已故的威廉・希利鄔斯所開發的分子結合力中和術式的修改版。不過，循環演算的洗鍊程度更令我驚訝。」

「不愧是『始源喬治』，慧眼令我甘拜下風。」

吉祥寺即使和達也交談，雙手依然流暢地架設著裝置。

還在舞臺上的第一高中學生只剩達也。

他也打算離開舞臺，提著長盒子走向後臺而去。

「但我們也不會輸。不，這次一定會贏過你。」

身後傳來這樣的聲音。

或許該評為稚氣吧，但不令人討厭。

達也打算回以一句機靈的話語，停下腳步轉身。

就在這個時候，轟聲與振動撼動了會場。

【10】

當地時間西元二〇九五年十月三十日，下午三點三十分。

後世將「灼熱萬聖節」評為人類歷史的轉捩點。依照記錄，成為事件開端的「橫濱事變」就發生於這個時刻。

◇◇◇

第一高中報告結束，在大廳和藤林閒話家常（兩人從早上就在一起，話題只剩下閒聊）的壽和，眉頭微微抽動而終止了交談。

懷裡的通訊專用終端裝置（幾乎沒有搭載情報處理功能，卻相對具備強力通訊功能的警用裝備）發出了來電振動。

壽和向藤林示意之後轉身接聽。

「我是千葉。是稻垣嗎？什麼？……我明白了，現在立刻過去。」

壽和轉回身子時，藤林似乎也剛講完電話。

「本官得立刻前往現場。」

「我留在這裡。」

兩人沒確認彼此收到的通知內容相同，就抱持確信做出結論，但並未造成齟齬。

「不好意思！如果發生什麼事請和我連絡！」

藤林點頭之後，壽和無暇繼續交談，飛也似地跑向自己的車。而且是併用魔法全速奔跑——

就某種層面來看，他的腳程迅速過頭了。

◇◇◇

「狀況如何？」

收到通知三分鐘後，車輛已經趕往現場。車上的壽和以怒罵般的語氣，向車上的免持通訊機要求後續情報。

『撞進管制大樓的炸彈車起火，沒有後續襲擊。』

揚聲器傳來的報告語氣稍微比警部鎮靜。但即使只是單次攻擊，也不能因而放心。

成為攻擊目標的，是山下碼頭出入口的出入港管制大樓。

堅固的建材擋下爆炸的熱量與衝擊，建築物本身沒受損。但身為公務員而非戰鬥員的職員，在恐怖攻擊當中無法讓他們繼續工作。管制大樓的職員開始避難，到港灣警備隊接棒管制的這段時間，進港船隻的監視網出現了嚴重漏洞。

（太執著於文官體系了！）

討厭防衛軍或警察等武官體系擴張勢力的政治家強烈反彈，使得港灣、機場管理工作由一般公務員負責。但島國的港灣管理就是國境警備。包含壽和的千葉家很早之前就主張，如果不願意交給防衛軍，至少也該由武裝警察管理。

希望這次的狀況別演變成最擔心的事態——壽和如此心想，但意識裡的清醒區塊明白這只是虛幻的願望。

『停泊的貨船發射火箭彈！似乎是使用步兵火箭砲！』

開車的壽和差點失誤。他連忙打回方向盤，朝麥克風怒吼。

「船籍是哪裡？」

『登錄是澳大利亞船籍的貨船！不過從外型來看，推測是機動部隊的登陸艦！』

所以登錄資料是偽裝。港灣管理局與海巡部隊在搞什麼！壽和拚命壓抑想如此大罵的心情，和其他地方通訊。

「……老爸嗎？我是壽和。國籍不明的偽裝戰艦，正在進攻橫濱山下碼頭，請要求國防軍出動。此外，盡快將雷丸與大蛇丸送過來……問我拿大蛇丸做什麼？當然是給艾莉卡用啊！」

藤林也走向自己的車，尋求大隊總部的指示。這樣變成是跟著壽和離開了大廳，但她剛才說「留在這裡」並非謊言。她不是要開車，而是要使用通訊機。

藤林不禁心想，昨晚講得像是預言的人不是別人，正是她自己。但她沒預料到事件激進到這種程度。藤林只推測間諜餘黨會試圖綁架人質，要求同伴獲釋。

所以壽和把她的話當真之後動員的部屬人數與裝備數量，使得藤林在心中無言以對，但這次卻因而建功。或許代表憨直戰勝了狡猾吧，藤林頗為感到由衷佩服。

時鐘顯示是下午三點三十七分。

爆炸聲與振動忽然傳入會場。

觀眾們無法理解發生什麼事，不曉得如何是好，驚慌地尋找答案。

「深雪！」

達也在這樣的狀況下，呼喚他心中第一優先的對象。

「哥哥！」

達也聽到臺下傳來回應，跨出兩步——第一步跳到舞臺邊緣，下一步調節力道——降落在妹妹身旁。即使深雪位於第二排的相關人員區，立刻想跑到達也身邊的她依然算是反應迅速。

「哥哥，這到底是……」

深雪以生硬的語氣詢問。看來她雖然有點混亂，卻未陷入恐慌。

「大概是榴彈在正門附近爆炸。」

另一方面，達也毫無困惑或焦慮的樣子。達也在獨立魔裝大隊的訓練裡，反覆親耳聽過這種爆炸聲、體驗這種振動許多次。依照這些經驗，他不用連結到情報體次元，也知道這棟建築物正門附近發生何種狀況。即使事態不樂觀，但是能立刻和深雪會合，現狀對他來說並不壞。

「榴彈？學長姊他們不要緊嗎？」

「負責正門的，應該是協會安排的正規警備員。具備實戰經驗的魔法師也在警備行列。如果是普通水準的犯罪組織就不成問題才對……」

如此回應的達也，心中有種不祥的預感。藤林剛才給他的資料卡，提到整個事件可能和他國的國家機構有關。如同證實這份不祥預感般，這次傳來複數的槍聲。

（不是全自動……是對付魔法師的高威力步槍嗎！）

實戰魔法師的某些魔法可以讓槍彈無效。

例如十文字家的多重護壁魔法，就可以列為典型暨最高峰的一種魔法。

即使到了二十一世紀末，步兵的主要武器依然是槍械。因此防禦槍彈的魔法，能為地面戰鬥帶來莫大的優勢。

然而，攻擊與防禦總是你來我往地綿延不斷持續發展。為了應付強力的防禦手段，就會開發更強的攻擊手段。

魔法也不例外，而且魔法也非萬能。要是物體運動的慣性力大於魔法的干涉力，魔法就會失敗，無論是減速、軌道變更或座標固定都會完全失效。如果是物理盾牌，即使被打穿也能削減子彈威力，但以魔法的狀況，只要事象改寫失敗，結果就等於打從一開始什麼都沒做。

射出具備強大慣性力的高速槍彈，使魔法師的防禦魔法無效，這就是對付魔法師之高威力步槍的設計構想。但是想將彈速提升到實戰等級魔術師的干涉力都無效，必須具備高於一般製槍技術兩、三個等級的高度技術。

如果只是小國的正規軍隊，別說製造，甚至無法配備這種武器。私人（意思是沒接受國家支援）犯罪組織或恐怖分子的水準，不可能得到這種武器。這麼說來，前幾天八王子特殊鑑別所遇襲時，呂剛虎的同黨也使用了高威力步槍。很難認定是不同勢力在短期內連續展開攻擊。敵人恐怕是——不對，幾乎肯定是大亞聯盟的走狗，也可能就是大亞聯盟軍。但是對方做出如此誇張的舉動，究竟是基於何種目的？

達也迷惑了。不曉得對方目的，就不知道狀況會激烈到何種程度。經常有人說「要以最壞的打算採取行動」，但是真正的最壞沒有極限。要是不曉得「最壞」的程度就無從對應。

總之，從決定一般對策的前提條件來看，這個演講廳稱不上適合死守。因此原本應該帶著深雪到準備室避難才對。

但艾莉卡與美月還在觀眾席。

達也有責任保護的對象只有深雪，但他也不是只以義務感行動。

其實不需要特地保護，只要狀況不是很嚴重，他們的實力應該足以突破困境。即使如此，要達也視若無睹，心中還是有所抵抗。

然而，不曉得是幸或不幸，達也無須為此煩惱太久。手持步槍的集團，隨著粗魯的腳步聲湧入了觀眾席。

（真不中用！）

達也想過防線可能會被突破，但是也太快了。在觀眾的慘叫聲反覆迴盪的狀況下，達也在心中忿恨地咂了個嘴。

觀眾恐懼而退縮時，臺上的第三高中學生呈現勇猛果敢的反應。大概是報告主題可以轉變為對人攻擊武器，他們操作著搬上臺的ＣＡＤ，試圖向入侵者發動魔法。

槍聲響起。

第三高中的魔法還沒生效，槍彈就打入舞臺後牆。

從子彈威力來看，正如達也預料，對方手中的武器是高威力步槍。

「給我安分點！」

這聲怒罵聽起來有點結巴。他們這些外國人，應該是最近才（偷渡）入境的。這些人身上穿的不是制服也不是野戰服，卻具備奇妙的統一感。顏色各有不同，但同樣是高領毛線衣、外套與類似卡其褲的寬鬆長褲。每件看起來都很耐用。這群人肯定不是普通的幫派分子。

現代魔法經由ＣＡＤ高速化之後，得到和槍械對等的速度。雖說如此，但終究只是「對等」，而且「端看魔法師的能力」。在對手已經架槍的狀態，原則上不能胡亂抵抗。

「取下演算裝置，放到地上！」

看來入侵者慣於和魔法師交戰。

或許這些人也是魔法師。

只有極少數強力的魔法師，會採取只使用魔法的戰鬥方式。身為魔法師同時又用槍的士兵，反而是普遍情況。

包括吉祥寺，臺上的第三高中學生們——將輝的身影不在其中——一臉不甘心地將ＣＡＤ放在地板上。

勇敢與魯莽不同。第三高中學生似乎確實學習到這個道理。

達也佩服地看著他們的應對，但很可惜立刻就無法置身事外。

或許是恰好只有他們兄妹站在走道上，對方才會盯上吧。

「喂，你們也一樣。」

一名入侵者持槍指著兩人，以慎重的腳步接近。

這句話無疑是對達也說的。應該說沒有誤解的餘地。

（到此為止了嗎……）

總共六人，前鋒加後衛共三組。達也不使用ＣＡＤ，以眼神瞄準這群不曉得是恐怖分子還是游擊兵的會場入侵者，並且在內心低語。他不願意在眾目睽睽之下使用「雲消霧散」，但必要的時候就情非得已了。

（可以的話，希望能以容易瞞混的魔法解決。）

面無表情思考這種事的達也，遭受入侵者的怒罵。

「快點！」

即使對方以煩躁的聲音怒罵，達也依然沒有動作。他至今受到的教育稍微扭曲過度，不認為放棄抵抗就能保障生命安全。

達也默默注視著接近而來的男性。

不，他的視線形容為「觀察」比較合適。

他的眼中沒有恐懼與不安。

就只是觀察男性全身，包括對方手中的槍、瞄準過來的槍口。

和達也對峙的這名男性，從投向自己的冰冷目光感受到焦躁，以及沒有特別注意到的莫名恐懼，放在扳機上的食指增加力道。

「喂，住手！」

大概沒聽到同伴的制止吧。

槍聲響起，接著是尖叫聲。

從三公尺的極近距離，以明確殺意射出的子彈，足以令人聯想到無從迴避的悲劇。

所以，人們受到的衝擊更加強烈。

達也的右手像是抓住某種東西般，在胸前緊握。

達也產生的變化只有如此。

他身上沒流出任何一滴血。

理應射出的子彈，在牆壁、地板或天花板，在任何地方都沒留下痕跡。

男性以抽搐的表情射出第二、第三發子彈。

每次發射，達也的右手就像是影片跳格般更換位置。

手部動作太快，旁人看不到他在做什麼。

等到回過神來，達也右手的位置就已經改變，依然像是抓住某種東西般緊握。

「空手……抓子彈……？」

某人茫然低語。

「到底是……怎麼做的……？」

某人茫然回應。

「這個怪物！」

這名男性之所以扔掉槍，是基於恐慌情緒。

以魔法擋子彈就算了，居然用手抓——面對這種反常光景，令他產生槍沒用的錯覺。

即使如此，這個人依然並未喪失戰意，抽出了大型戰鬥刀砍向達也。這點顯示，他是受過高水準訓練的士兵。

但這是導致眾人更加驚愕的行為。

面對來襲的男性，達也反而主動靠近。達也握拳的手，張開成為手刀形狀，就這麼打向對方持刀的手臂。

達也的手刀沒受到任何阻力，就砍下了男性的手臂。

「呃！」

男性口中發出慘叫——卻發不出來。

聲音化為慘叫之前，達也的左拳打入男性心窩。

右臂切面噴出力道更強的鮮血，弄髒達也的衣服。

這是這名男性唯一能做的反擊（？）。

達也看都不看癱倒在腳邊的男性就輕輕往後跳，再度將深雪保護在身後。

出乎預料、無法想像的光景，使觀眾與入侵者同樣僵住。

不只是動作停止，思緒也停止。

只有一個人例外。

「哥哥，我幫您除掉血漿，請稍微站著別動。」

鴉雀無聲的演講廳，深雪輕柔的聲音傳遍每個角落。

沒有些許動搖的聲音。

替換成「拍掉灰塵」也毫無突兀感的聲音。

靜止的時間以這個聲音為信號再度運作。

「抓住歹徒！」

聯合警備隊的成員們從舞臺兩側同時施展魔法。

某些入侵者做出迴避動作，但是九校選出的好手的魔法，將他們的抵抗悉數封鎖了。

深雪發動魔法，將弄髒達也的手與身體的血擦得乾乾淨淨（正確來說，是將血液從皮膚與衣服分離，蒸發水分之後吹散固體成分）。

明明剛進行生死交鋒，達也卻連眉毛都不動一下。

不對，在這種狀況，「連眉毛都不動一下」的形容方式是錯的。他臉上確實沒有動搖或激動的神色，不過看到倒在血泊裡的男性時稍微蹙了眉。

深雪看出他細微的表情變化，發動了另一個魔法。

砍斷的右手與殘餘右臂的切面凍結，血泊乾燥而化為紅黑色粉末。

達也轉過身後，深雪朝他嫣然一笑。

妹妹過於成材，使得達也同樣在下意識露出了笑容。

深雪的雙眼不知為何（這是達也的主觀）出現不知所措的神色。

但達也沒有深思，朝正門踏出腳步。

深雪緊跟在後。

兄妹經過少了一條手臂的男性身旁時，已經漠不關心。

此時……

「達也同學！」「達也！」

少女與少年同時出聲叫他。

平常要是異口同聲，這兩人都會板起臉。但畢竟現在非比尋常，沒有那種餘力。

繼艾莉卡與雷歐，幹比古、美月、穗香以及雫，都圍繞著達也與深雪而聚集過來。

「你的手怎麼樣？沒受傷吧？」

率先趕來的是艾莉卡與雷歐，但穗香推開兩人出面，以焦急語氣如此詢問。

達也只是刻意演得好像抓子彈，所以並非無法立刻明白穗香在擔心什麼。

實際上，達也當然不是用手抓子彈，只是將子彈主體與動能向量「分解」使得槍擊無效。但朋友們當然不曉得這種事。因此達也舉起右手，像是表示「沒問題」般張合兩三次。

穗香與美月見狀鬆了一大口氣，幹比古與雫則是投以「到底怎麼做的？」的眼神。

但只要他們不問，達也就不打算說明（也不是有問必答）。他只回答艾莉卡的問題。

「話說回來，狀況變得很嚴重……接下來該怎麼做？」

「妳好像很開心」這句吐槽湧到達也的喉頭，但是說出口很可能浪費時間。

「無論要逃走或是驅離，都得先解決正門的敵人。」

因此達也只說出當前的方針。

「你不會叫我們按兵不動吧？」

艾莉卡眼神閃亮的樣子，使得達也更想指摘「妳果然很開心」。不過實際上，達也卻只是透露死心的意思而搖頭回應。

「總比分頭行動遭受突擊好一點。」

這真的只是程度「好一點」的消極同意。

所以，達也發現不只艾莉卡與穗香，就連美月與雫都喜形於色的時候，不禁冒出「拜託饒了我吧……」的念頭。

雖說如此，總之現在是緊急狀況，無暇消沉。

達也帶頭快步前往門口。

「慢著……等一下，司波達也！」

不過，一個無法隱藏混亂情緒，莫名拚命的聲音叫住他們。

「到底有什麼事，吉祥寺真紅郎？」

達也以毫無親切之意的聲音回問。

但吉祥寺並沒有因為這個盡顯不悅的語氣而心生畏懼。恐怕是心理層面沒有餘力畏懼，因此只以詢問回應達也。

「剛才那招是不是『分子切割』？」

吉祥寺這句話引發騷動。

「切割分子結合的魔法，是美軍魔法師部隊前任隊長——威廉．希利鄔斯少校發明的祕法。和減弱分子結合力的中和術式不同，分割術式是美軍的機密術式才對啊！」

這是具備知識導致的徹底誤解，但這樣正合達也的意。

「你為什麼會用？為什麼知道術式？」

「現在是講這種話的時候嗎？」

正因如此，面對吉祥寺瞪大雙眼以批判語氣提出的質詢，達也刻意以無奈的聲音——聽起來像是以「事到如今無須隱瞞」回應吉祥寺推測的語氣——一語駁回。

事實並非如此。達也使用的魔法，不是被稱為「分子切割」的USNA軍機密魔法。當然也不是像某虛擬拳法那樣，僅靠空手就砍斷了人體。

達也只是和分解槍彈一樣，以右手為基點，在相對距離零的狀況下發動了分解魔法。但他受命必須保密，不可能說明這種事。而且現況也不適合說明這種事。

「七草學姊，還有中条學姊也一樣，盡快離開這裡比較好。無論那些傢伙的最終目的為何，首要目的應該是殺傷或綁架魔法技能優秀的學生。」

這時，真由美剛好從舞臺旁邊探頭，大概是來看狀況吧。梓則是以評審身分坐在最前排。達也向兩人留下這段忠告之後，便離開了現場。

◇　◇　◇

達也他們的身影消失在門後不久，一陣更加激烈的爆炸聲撼動會場。毫無秩序的叫聲與怒罵聲混沌交錯，成為無法形容成尖叫或怒號的嘶吼，更加耗損眾人的神經。

不過這股混沌，並未波及到梓所在的最前排評審席。

尚未傳來。

但倘若維持現狀，這股騷動肯定會演變成多人受傷的恐慌。面對這種狀況，梓卻像是不知所措、無計可施般僵坐在位子上。

「小梓，小梓……中条梓學生會長！」

臺上傳來飭厲梓的聲音。

梓慌張地起身，仰望舞臺。

位於舞臺旁邊的真由美進一步走到臺前，朝梓投以視線與話語。

「這樣下去會陷入真正的恐慌，也會有很多人受傷。所以用妳的力量平定大家吧。」

「啊？」

梓對真由美這番話睜大雙眼。

並不是因為聽不懂意思。

「可是，那是……」

梓的魔法可以干涉他人情緒、平定恐慌，在這種狀況極為有效。但是干涉精神的魔法，在魔法之中尤其受到嚴格管制，不是未成年人自行判斷就能隨意使用的東西。

「妳的能力就是為了這種時候而存在的吧？梓，現在需要的是妳的能力，不是我、摩利或鈴音的能力。」

但真由美並非是以隨隨便便的心態下達指示。她沒有使用「鈴妹」與「小梓」的綽號，而是「鈴音」與「梓」。

為求注重形式，一般應該稱呼「市原同學」與「中条學妹」，但真由美直呼她們名字的次數，至今以五根指頭就數得出來。梓明白現在的真由美就是如此認真，認真地要求她使用情緒干涉魔法「梓弓」。

「放心，責任由我來扛。七草的名號可不是蓋的。」

俏皮的秋波，是用來讓梓放鬆。說出「七草」這個名號，是牽制那些無法處理混亂場面而旁觀，本應具備權威的大人們。

彼此的交情足以理解到這種程度。真由美這番話應該不假。

梓不打算把責任推到真由美一個人身上，但她既然這麼說了，自己就無法置身事外。梓用力點頭之後轉身，將各處演變成推擠衝突的觀眾席納入視線範圍。

梓沿著脖子上的鍊條，從領口拉出一個能藏在小學生手中的小項墜。解開扣環後，她從鍊條取下項墜握在左手。

梓輕輕吸氣，將想子注入項墜。

這個項墜只安裝ＣＡＤ的基本元件，是只為單一魔法而存在的術式輔助演算裝置。只記錄、輸出一種啟動式。由於只具備此等功能，因此省略了按鍵、螢幕這種切換啟動式必備的所有系統，是小型化的魔法杖。

只為一人存在的法杖，編織出施展唯一魔法的咒語。

只有梓能使用的情緒干涉魔法「梓弓」發動了。

——清澈的弦音，從最前排到最後排，貫穿會場。

這是幻聽。

不是經由空氣，是經由潛意識之海傳達的聲音。

不是撼動想子，而是撼動靈子的波動。

清澈至極的聲響固定眾人意識，令眾人渴望聆聽第二聲。如同旅人於只有汙濁水源的沼地得到一滴雨水，因而停下腳步茫然仰望天空期待下一滴雨。

第一聲完全消失時，第二聲撼動著眾人的潛意識。

人們等待更響亮的下一聲。

就這樣，人們不知何時停止思考，只傾聽著體內的聲音。

換算成時間，只有短短三秒。

光是如此，恐慌就變成忘我。

「──我是第一高中前任學生會長，七草真由美。」

觀眾們停止思考的意識，完全被真由美經過喇叭增幅的聲音吸引。

「現在，這座城市正遭受侵略。」

掌握所有觀眾意識之後說出的下一段話，使得茫然替換為愕然。

「停泊在港口的不明船艦以火箭砲攻擊。而潛伏於市內的游擊隊，呼應了這陣砲擊，展開了武裝暴動。」

實在令人難以置信。

如果不是出自真由美口中，梓應該也不會相信。

但如她本人所說，「七草」的名號不是蓋的。

她處於可以最早得知事實的立場，也處於不能胡亂出言臆測的立場。

再怎麼難以置信，這依然是事實。

「之前逮捕的暴徒，應該也是侵略軍的同黨。從剛才傳來的爆炸聲推測，也很可能是以本會場魔法師與魔法技術為目標的襲擊。」

真由美暫時停頓，環視觀眾席。

觀眾屏息等待她說下去。

「如各位所知，這座會場有一條地下道通往車站的避難所。」

眾人目不轉睛地注視真由美。

「避難所應該具備足夠的收容力。」

全部專注聆聽她的話語。

「不過，地底避難所是用來防範災難與空襲。」

不只學生，大人們也一樣。

「要對抗地面兵力，並非萬無一失。」

即使是理應慣於命令、指導他人的「權威」也不例外。

「推測侵略軍也投入了魔法師部隊。避難所面對魔法的防禦時間無法樂觀以對。」

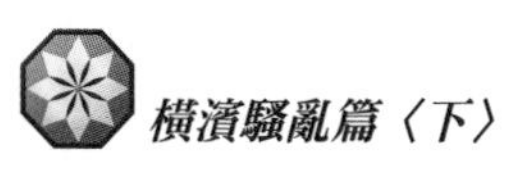

目前位於會場的人們幾乎都認識真由美。她的外貌、競賽成績與姓氏意義為眾人所知。正因如此，她陳述的悲觀展望，沒人能當成「童言童語」一笑置之。考量到「七草」名號具備的力量，教師也將全權交給真由美。

「即使如此，想逃離砲火交加的這座城市或許會更危險也說不定。但是最危險的狀況莫過於留在此處。」

會場鴉雀無聲。

真由美沒有無謂地停頓。她不會犯下這種浪費時間的愚蠢過失。

「各校代表請立刻集合學生開始行動！無論是要前往避難所還是離開此處，現在都是分秒必爭的狀況！」

異於剛才的喧囂聲傳遍會場。交相呼喚的聲音和之前不同，具備一定的秩序。

「和九校無關的各位人士，不好意思，請各自判斷狀況動身避難。很遺憾，我們的力量不足以為各位的安全負責。」

聽起來無情的這番話，沒有引發反彈或批判的聲音。聚集於此的觀眾，盡是以某種形式和魔法相關的人，比起平凡更接近「不平凡」。

「若要前往避難所，就立刻前往地下通道。想逃離城市的人，據報沿岸防衛隊正派遣運輸船前往瑞穗碼頭。」

真由美行禮致意之後關掉麥克風，再度向梓開口。

「小梓，大家就交給妳了。請各位老師協助中条學妹。」

以廿樂為首的老師點頭回應。另一方面，梓則是瞪大雙眼。

「啊？會長……不對，真由美學姊？」

真由美面帶笑容，點頭回應慌張地反問的梓。

「小梓，原來妳明白嘛。現在的第一高中學生會長是妳。放心，妳做得到。因為妳是我親自訓練出來的高徒。」

真由美送出一個秋波，轉身跑向鈴音等人所在的準備室。

◇◇◇

正門外，步槍和魔法正激烈互擊。

進攻的游擊兵看起來都是東亞人。和闖入會場的恐怖分子一樣，身穿高領毛線衣、外套與卡其式寬鬆長褲。武器則是一般的衝鋒槍與對付魔法師的高威力步槍。

迎戰游擊兵的是協會安排的專業魔法師。

但從正面大門已讓敵方闖入就知道戰況不理想。游擊隊人數原本就占優勢，或許還因為手持對付魔法師的裝備，本應不容許普通裝備步兵越雷池一步的實戰魔法師，有數人受傷倒下。

帶頭奔跑的達也，在出入口門後停下腳步。跟在身後的深雪也隨著哥哥停下腳步，但是如同競爭第三名般並肩前來的兩人血氣方盛。

「停！那是對付魔法師的高速彈！」

達也大聲喝止正要超前衝出去的艾莉卡。

「咕呃！」

並且抓住雷歐的衣領將他拉回來。

「……達也，你真不留情。」

「但也託福撿回一條命。」

片刻之後，另外四人一起抵達。對於達也粗魯的制止方法，幹比古感觸良多般佩服地低語，雫則是平淡地反駁。在這種時候依然不忘平常步調的友人，甚至令達也覺得可靠。但因為狀況危急，他收回還沒浮現的苦笑，將目光投向妹妹。

「深雪，讓槍停火。」

達也這番話，使得友人們一起露出「咦？」的表情。

「我明白了。可是哥哥，一次應付這麼多人，就得……」

不知為何，深雪的回應似乎隱藏著不合時宜的羞澀。

她在害羞什麼？眾人對這個新的謎題感到納悶。

「我知道。」

不過，達也接下來的舉動，立刻解開這次的疑問。

達也伸出左手，深雪輕輕以右手相扣。

從任何角度來看，深雪羞澀的表情，都不是妹妹對哥哥展露的表情。

但在他人責難之前，深雪就繃緊面容，成為魔法師的表情。

左手以無人察覺的自然動作握住CAD。

達也將右手平舉，從藏身的門板旁邊指向游擊隊。

深雪於下一瞬間發動魔法。

那是凍結火焰的魔法。

振動減速系概念擴張魔法──「凍火」。

凍結的概念擴張魔法「凍火」，是妨礙燃燒的魔法。

這種魔法的效果，是將對象物體保有的熱量，壓抑到某個標準以下。

追根究柢，槍是以可燃粉末——火藥燃燒產生的氣壓發射子彈。點燃火藥的雷管爆發（爆燃）也是一種燃燒的型態。在「一般概念」裡，燃燒現象必然伴隨著熱量的增加，受限無法增加熱量的可燃物質無法燃燒。因此無論是槍械還是大砲，只要是使用火藥、炸藥的武器，中了「凍火」就只能被迫安分下來。

游擊隊剩餘的人數剛好三十人。

深雪以魔法同時瞄準的目標上限，現在是十六。以三十把步槍為目標，連續發動兩次「凍火」。

達也沒確認效果，就從藏身的門後衝出去。

他轉眼之間衝進游擊隊陣地，揮動蘊藏魔法的雙手手刀。

空手砍斷人體的震撼光景，只用看的無法得知是魔法使然，因此游擊隊受到的心理打擊，遠勝於隊友被槍打倒的狀況。

因為槍無法使用而慌亂不已的游擊兵，剛開始還勇猛地以戰鬥刀應戰，但在五人被砍倒時就完全腿軟了。

他們投向達也的，是看著噁心怪物的目光。

達也不使用遠程射擊魔法，刻意使用有受擊風險的零距離魔法，不只是避免朋友們察覺他所使用魔法的真相，更是要誘使對方亂了分寸。

對方將達也視為妖魔鬼怪，正如他的希望。

非正規游擊兵戰意受挫、缺乏集中力的這時候，銀色的風以看不見的速度橫掃而至。

血花在疾風路線上飛舞之後，游擊兵倒地。

小太刀……不對，看長度應該稱為短刀吧。銀光的真面目是這把短刃。

艾莉卡將平常的警棍，換成外型為無刀鍔短刀的武裝一體型ＣＡＤ，以自我加速魔法穿過敵陣，正確割斷游擊兵的頸動脈。

她和達也相同，對於殺敵毫不猶豫。原因也在於她並非第一次這麼做。但是至今以殺人武器學習殺人技術的她，更明白猶豫造成的危險。在對方也可能殺害己方的狀況下，對殺人抱持猶豫是何其傲慢又愚蠢的行徑。這個道理深植在艾莉卡內心最深處。

幹比古在「銘記於心」這一點也相同。代代相傳「魔法」這種武器的家系培養出來的價值觀，使他毫不質疑地便將魔法使用在原本的用途。

「達也、艾莉卡！」

後方傳來的幹比古聲音，使兩人立刻左右散開。

這次吹來的是真正的疾風。

隱藏在風中的鐮鼬，淒慘地撕裂游擊兵的皮膚而去。

達也與艾莉卡將剩下的敵軍交給警備魔法師，暫時回到同伴身邊。

「結果我沒機會出場啊……」

達也重拍鬧彆扭的雷歐的背激勵他（導致雷歐以苦悶表情蹲下），向幹比古伸出大拇指，朝著以忍受嘔吐的表情略微畏懼地看過來的穗香與美月微微一笑。

「抱歉，對穗香妳們的刺激可能有點強。」

「——不，我不要緊。」

穗香堅強地點頭回應，果然是戀心使然吧。

無論是何種理由，很感謝她把持得住心情。

要害怕還是迴避，還是等突破眼前難關再說。這是達也不折不扣的由衷心願。

「美月？」

「啊……我也不要緊。」

深雪只溫柔地問候一聲，美月緊繃的臉便露出了笑容。她是個聰明的女孩，應該清楚現在是非常時期。

「話說回來，艾莉卡，妳居然能帶這種武器過來？這種長度放不進書包吧？」

雖說如此，殺人光景不是能立刻習慣的東西，帶來的打擊也不會立刻淡化。達也刻意提出無關的話題，是為了讓兩人有時間平復情緒。

「嗯，這個形狀當然不行啊。」

艾莉卡以勝於以往的自然語氣回應。看來她確實明白達也的意圖。

「不過這樣的話……就行囉。」

「喔，這真是……」

達也發出的感嘆聲不是作戲。

不經意看過來的穗香與美月，以及深雪、雫與幹比古都瞪大雙眼。

這個機關確實值得瞠目結舌。艾莉卡操作刀柄底部的開關之後，研磨得鋒利的細薄刀身，就逐漸縮進橢圓形切面的短棍。

「很厲害吧？這是警方預計明年採用的形狀記憶棍刀。」

「這麼說來，記得千葉家也有在製作近戰武器……」

「真要說的話，那才是主要的收入來源。」

雖然並非引人發笑的趣味對話，但兩人輕鬆閒聊的樣子，使得美月她們也恢復鎮靜。

「……所以接下來該怎麼做？」

雷歐應該也有察言觀色。

他以等不及般的語氣，要求達也指示後續行動。

「我們需要情報。艾莉卡也說過，現在發生的嚴重事態，似乎比預料的規模還大。漫無計畫地行動可能會陷入泥淖。」

——前往協會就能得到必要情報。魔法協會總部與分部，可以使用十師族專用的祕密線路，達也也有權限連結四葉家線路。使用這條祕密線路，甚至能得到國防會議的極機密情報。

如果只有達也一人，即使市區正爆發戰鬥，他前往魔法協會關東分部所在的橫濱港灣高塔也不用十分鐘。每天早上持之以恆的高速跑步訓練可不是虛有其表。

但深雪沒有輪鞋或飛行演算裝置就跟不上達也。雷歐、艾莉卡或幹比古可能跟得上，不過穗香、雫、美月一看就知道不可能。

「用ＶＩＰ會議室怎麼樣？」

達也不由得皺眉時，雫指著剛完工的建築物如此提議。

「ＶＩＰ會議室？」

但達也不曉得有這種設施。他知道ＶＩＰ會客室，但應該不是這種單純的口誤。何況達也想像的房間只是會客室，情報終端裝置只連結到一般的通訊線路。

「嗯，那裡是內閣等級的政治家，或經濟團體龍頭開會時所使用的房間，想查的情報應該大致都能連結到才是。」

「有這種房間？」

「那是平常沒有對外開放的會議室。」

「……妳居然知道那種地方。」

艾莉卡只在這時候純粹以佩服的語氣發言，使得雫有些害羞又有些得意地回應。

「我也知道認證密碼與連線代碼。」

「真厲害……」

「因為伯父很溺愛雫。」

穗香補充的這句話，使得達也恍然大悟而點點頭。那位父親確實可能這麼做。

而且，既然是「北方潮」使用的房間，應該也能接收警方或沿岸防衛隊的通訊內容。

「雫，帶我們去吧。」

達也這番話，使得雫難得以誇張的動作大幅地點頭。

使用雫的連線代碼傳送到ＶＩＰ會議室螢幕的警方地圖上，面海部分染成一片鮮紅，示意為危險區域。而且紅色區域在眾人注視之下，逐漸往內陸擴大。

敵方具體人數不得而知。但是從侵略速度來看，肯定投入相當規模的兵力。達也推測規模至少數百人，有可能是六百至八百人的大隊規模。超乎預料逐漸惡化的狀況令他板起臉。

橫濱事變 概略圖 1

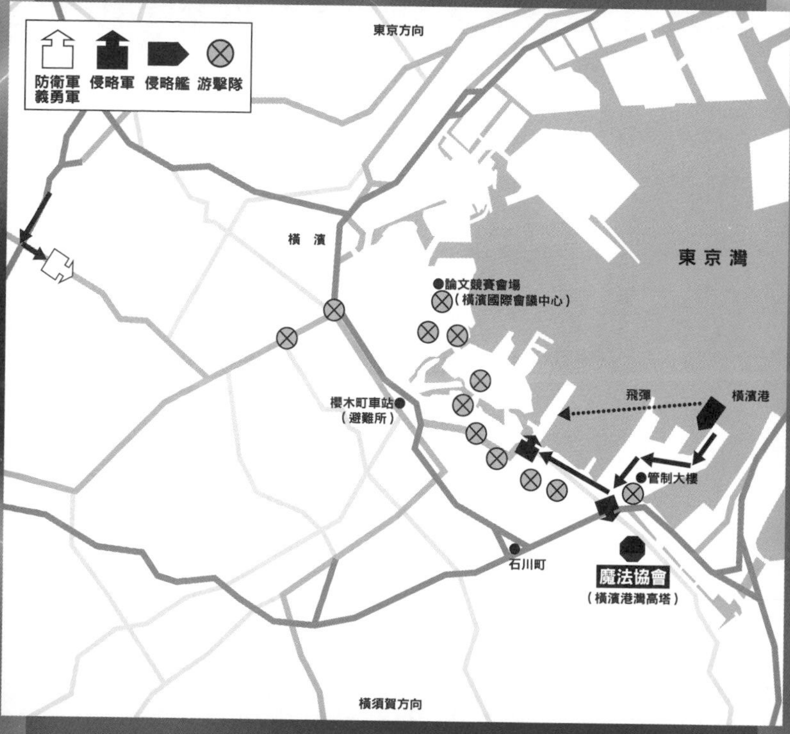

西元2095年10月30日
下午3點30分 戰鬥開始

「這是怎樣！」

「太慘了。」

「這麼多……到底怎麼來的？」

朋友們展現更強烈的反應，所以達也的凝重表情並不顯眼。

「哥哥……」

但即使不顯眼，深雪也不可能沒發現。他內心產生的漣漪，會直接影響妹妹的情緒。因為他們兄妹的內心是相連的。

深雪眼神不安地搖曳，達也輕拍妹妹的頭，再度轉身面向朋友們。

「各位不用我再度說明應該也明白，狀況相當不利。要是在這附近拖拖拉拉，敵人會在國防軍抵達之前發現我們。就算這麼說，看起來也無法輕易逃脫。至少陸路不可能。最重要的原因，是大眾交通系統停止運作了。」

「也就是說要走海路？」

達也搖頭回應雷歐的詢問。

「同樣希望渺茫。出動的船隻應該無法收容所有人。」

「那就去避難所？」

達也點頭回應幹比古的提議，臉上卻看不見明顯的自信。

「那應該是最實際的做法了吧……即使這裡也打造得很堅固，要是敵方炸掉整棟建築，就束手無策了。」

「那就是要走地下通道了。」

艾莉卡以隨時要行動的表情如此催促，達也卻要求「等一下」。

「慢著，別走地下通道比較好。走地上吧。」

「咦，為什麼？……啊，對喔。」

艾莉卡還沒聽理由就露出認同表情，達也暗自佩服她不愧出身於實戰魔法的名門。

不過，他的「等一下」不只這個意思。

「還有，可以給我一點時間嗎？」

「我們不介意……可是為什麼？」

在這明顯分秒必爭的狀況下，達也卻要求暫緩行動，使得穗香納悶地詢問原因。但她還是以「願意」為前提，反映她對達也抱持的情感。

「我想銷毀展示機的資料。」

「啊，說得也是。畢竟這可能是敵人的目的。」

所有人都點頭回應幹比古的幫腔。

「司波、吉田。」

從電梯大廳繞到後臺的通道上，帶頭前進的達也與幹比古，被這個沉穩入腑的聲音叫住。聲音擁有此種份量的高中生，達也與幹比古都只知道一人。

「十文字學長。」

轉身一看，十文字克人在服部與澤木陪同之下走過來。三人都穿著小型鱗狀鋼板重合覆蓋在表面的防彈背心。連擁有強力魔法護壁的克人都穿上了護甲，這個事實更令人強烈地感受到事態的嚴重性。

「其他人也在一起啊。你們不是先去避難了？」

「為求謹慎，我正要去刪除展示機資料以免遭竊。她們則是……那個……我覺得這樣比分頭行動來得安全。」

這是暗喻「快去避難」的指示。

其實剛才在非公開的會議室，進行了無庸置疑是竊取情報的駭客行徑。達也隱瞞這件事，思索該如何說明身後這群同伴之後，捏造出這樣的理由（但前半並非捏造）。

「但其他學生已經前往地下通道了。」

服部這麼說。

「你覺得不宜走地下通道？」

澤木敏銳地看出眉頭深鎖的達也的表情變化，而如此詢問。

「沒到不宜的程度……但地下通道並非直達避難所，依照狀況可能撞見其他部隊。」

「意思是可能爆發遭遇戰？」

服部不等達也說完就猛然詢問。不對，即使形式上是詢問，實際上是自己得出答案。

「地下通道的行動自由受限，不能逃也不能躲，有可能被迫爆發正面衝突。我基於這種想法打算走地面。」

克人的決斷很迅速。

「服部、澤木，立刻去追中条。」

「是！」

「我明白了。」

克人目送兩人快步跑離之後俯視達也，視線微微隱含責備的神色。

「司波，你明明深謀遠慮，行動卻過於輕率。」

達也當然明白克人的意思。但即使如此也不代表能夠接受。總之他沒有反駁。

「算了，快走吧。」

「我明白了。」

這次是克人跟著達也行動。

克人認同達也這趟行動的意義並提供協助。達也從話語完全不足的互動中理解這點。

「各位在做什麼？」

回到放置展示機的後臺，達也開口的第一句話，完全把自己的事放在一旁。鈴音與五十里沒有避難，正在操作展示機。而真由美、摩利、花音、桐原、紗耶香圍著兩人守護。

「我們在刪除資料。」

用看的就知道他們在做什麼。達也真正想問的是「各位為什麼還在這裡」，但鈴音刻意以問題的表面意義回應，使達也不得已語塞。

「七草，你們不去避難？」

「鈴妹與五十里學弟正在努力，我們不可能自己先逃吧？」

克人代為提出達也想問的問題，但真由美理所當然般如此回應，因此無法多說什麼。

「這裡由我們來，可以請司波學弟處理留在等候室的機器嗎？」

「可以的話，也幫忙破壞別校留下的器材。」

「這邊完成之後，我們也會去準備室。在那裡決定今後方針吧。」

五十里、花音與摩利接連委託（指示？）之後，達也與克人一同轉身離去。

達也在深雪的陪同之下，走遍別校準備室回來時（沒帶其他成員一起去的原因，是不希望別人看到他分解情報紀錄模組、清空儲存裝置的魔法），鈴音也完成後臺工作來到準備室。

「回來啦。你們真快。」

「處理得如何？」

「我將剩餘的機器裡的資料全部破壞了。」

達也只以事實回應五十里與花音這對未婚夫妻。

「哇……怎麼做的？」

花音露出早已預料到卻藏不住驚訝的表情詢問，達也簡短地回答她一句話。

「這是祕密。」

「花音，不可以詢問其他魔法師保密的術式。這樣違反禮儀。」

勸誡的不是別人，正是五十里。花音明顯展現不甘願的態度，但還是乖乖讓步。

「那麼，重點是接下來怎麼做。」

摩利切入正題之後看向真由美。

「一艘敵艦入侵港口，沒看見東京灣有其他敵艦。登陸兵力的具體規模不得而知，但海岸周邊好像幾乎都遭受敵軍鎮壓了。陸地交通網完全癱瘓，這部分或許不是游擊隊造成的。」

「他們的目的是什麼？」

五十里提出的問題，使真由美與摩利相視。

「這只是推測，不過……」

回答的是真由美。

「既然是攻擊橫濱，敵方目的應該是橫濱才有的某種東西。但嚴格來說京都也有。」

「是魔法協會分部？」

花音不等真由美答完就插嘴。

「正確來說，是魔法協會的主資料庫。重要資料都是由京都與橫濱集中管理。不過也可能是衝著參與論文競賽的學者們而來。」

真由美對花音性急的態度露出苦笑，補充她的解答。

「避難船幾時會到？」

摩利這番話比起詢問更像確認，真由美對此感到難以啟齒般地回應。

「據說沿岸防衛隊的運輸船再十分鐘就抵達。但相較於避難人數，收容力不算足夠。」

真由美所告知的情報內容，和達也他們在樓上確認到的情報一致。換句話說，確定無法讓全員前去避難。

「關於前往避難所的中条學妹他們，很遺憾，司波學弟的擔憂成真了。他們在途中遭遇游擊隊，無法繼續前進。但敵方人數似乎不多，中条學妹回報很快就能驅逐。」

鈴音繼真由美之後如此述說。

「以上就是現狀。雖然不確定避難所還有多少空間，但是很可惜應該沒辦法上船。我認為這麼一來只能前往避難所，各位覺得呢？」

真由美、摩利、鈴音。

五十里、花音、紗耶香。

達也、深雪、艾莉卡、雷歐、幹比古、美月、穗香、雫。

現在留在這裡的是這十四個人。克人帶著原本繼續保護鈴音的桐原，再度確認周遭是否有人還沒逃走。

三年級的三人沒說話，大概是想聽完低年級的意見再發言。

雖然這麼說，眾人很明顯地同意摩利的意見。

「……我也贊成摩利學姊的意見。」

花音他們二年級，似乎也認為沒有其他選擇的餘地。

一年級眾人的目光投向達也。

達也承受摩利要求回覆的視線，他的雙眼……投向完全不同的方向。

沒讓人看見拔槍動作，就架起銀色的ＣＡＤ。

「哥哥？」「達也學弟？」

達也沒回應深雪與真由美的驚呼，就這麼朝牆壁扣下扳機。

場中有許多外人。達也連一瞬間都沒忘記這件事。

但時間不足以在保密狀況處理事態。

他會發現，近乎是一種巧合。

或許是八雲訓練出來的直覺告訴達也這件事。八雲反覆告誡達也，不能只依賴過度「精靈之眼」，這個教誨堪稱在這時候得以活用。

暴露在強烈危機感之中的達也，將「視野」擴張到牆壁另一頭，讀取到大型運動質量物體即將衝撞的情報。

要是克人在場的話，狀況應該不同。

如果是士兵衝進來，交給真由美或摩利就好。

只要有時間，也可以讓深雪應付。

但是，在這一瞬間衝撞進來的覆蓋裝甲板的大型卡車，只有達也的魔法能應付。

高四公尺、寬三公尺、總重量三十公噸。

道路規格提升之後獲准加大體積，再加上裝甲板重量的這輛大型卡車——達也將整輛車納入瞄準範圍，發動分解魔法「雲消霧散」。

卡車瞬間化為塵埃消失。

駕駛從消失的駕駛座摔出來，滾到地面狠狠地撞上牆壁。

遵循慣性打在會議中心牆面的金屬與樹脂粉末，是大型運送機械曾經存在的痕跡。

只有牆壁外側出現細微刮痕，牆壁內側完好無傷。

然而世間沒有這麼簡單，不會沒有任何人沒察覺剛才發生的狀況。

「……剛才是怎麼回事？」

真由美戰戰兢兢地詢問，使達也好想咂嘴。正如擔憂，她似乎看見了剛才的光景。

她大概是沿著達也的視線，以知覺系魔法「多重觀測」觀看戶外的狀況。

幸好達也無須回答這個問題（但只是暫時擱置）。

依然將視野擴張在外的真由美，看見新的光景而鐵青著臉。

小型飛彈群射向此處。

同樣依然將視野擴大到戶外的達也，也掌握到這個狀況。

達也推測，侵略者似乎將留在會場的自己等人視為危險兵力。從不久之前逮捕入侵會場的兵員、正門外的戰鬥到剛才的擊退，對方應該將戰鬥目標從逮捕改為殲滅。

達也一部分的意識置身事外般地進行冷靜思考，另一部分的意識則是構築魔法，迎擊灑落的肩射飛彈之雨。

不過，達也這次無須出手。

他們所在房間的外牆，出現了好幾層魔法防壁。

飛彈命中防壁之前，就被橫向射來的音爆命中，悉數在空中爆炸。

「久等了。」

忽然從門外傳來的聲音，使得達也與真由美各自將視點收回肉眼範圍。

一名女性就像是抓準時機般——但是很希望對方個性並非這麼差——進入準備室。

「咦？咦？難道是……響子小姐？」

「真由美小姐，好久不見。」

唐突現身的藤林，向舊識真由美露出笑容問候。

◇◇◇

克人之所以遇見飛彈之雨，是因為他感應到此處有強烈魔法氣息。

魔法師能從事象改寫的反作用力，感應到魔法使用。但這個魔法幾乎沒有反作用力。

即使如此，克人依然知道「世界」受到明顯的改變。

不以五感就解讀「意義」，並非達也的專利。

克人擅長使用改變空間性質的魔法，對於空間的變動具備敏銳認知力。

萬有引力的分布等於質量的分布，這是空間最基本的性質之一。

克人可以感應質量分布的變動，藉以掌握物體的移動或變化。

他以這個知覺捕捉到，某個具備龐大質量的物體，即使比不上船隻或大樓，和人類相比稱為巨大也不為過的某個質量，在一瞬間擴散開來。

如此大規模又平順的事象改寫，連克人都很少體驗。與其說是感到威脅，他更像是受到好奇心的驅使，停止尋找還沒逃跑的人，縱身跳到質量擴散的地點。

從克人魁梧的身軀或許難以想像，他也擅長高速移動的魔法。克人扔下桐原，像是在空中滑行般跳躍，以改寫動能向量的方式過彎，抵達鄰接準備室的外牆。

不曉得是運氣好還是不好。

對真由美或摩利來說，應該稱得上是運氣好。

至於克人自己的想法，必須問過才知道。

克人一抵達此處，就受到肩射飛彈的歡迎。

克人的反應速度近乎條件反射。

他瞬間構築出多重防壁，包括連氣體都隔絕的反物質護壁，以及能承受兩萬度高溫的耐熱護壁。不知為何在空中爆炸的飛彈，連熱波都被克人架設的護壁阻絕，沒在外牆留下焦痕。

克人轉身看向引爆飛彈的衝擊波來源。一名國防陸軍上尉站在敞篷軍車，扛著類似飛彈發射器的物體。

「超級音波發射器……您是一〇一的長官？」

克人朝接近的軍車如此說道（或許有點突兀，但他還是高中生，會對大人使用敬語）。

車子似乎使用油電混合系統，幾乎是無聲無息地接近。上尉下車之後，以像是貼在臉上的笑容向克人敬禮。

「我是國防陸軍一〇一旅獨立魔裝大隊上尉真田繁留。居然知道本部隊的身分，不愧是十文字家的當家，不敢當。」

克人眉頭微微一顫。只以這種反應作結，以十八歲少年來說，精神力堪稱超凡。

「恕我失禮，我們彼此都應該避免無謂地多話，對吧。」

「……失禮的是我們這邊才對。」

「萬分不敢當。那麼十文字家下任當家閣下，我們走吧。」

真田說完便前往會議中心。

克人完全不知道對方找他到底有什麼事，但是這名軍人知道十文字家不為人知的家庭狀況，他認為現在不能疏於提防。

兩人一前一後，從最近的出入口進入會議中心。

藤林並非獨自前來。

身穿野戰軍服（不是裙子加女用鞋，是窄管長褲加短靴）的她身後，同樣身穿國防陸軍軍服，佩戴少校階級章的一名壯年男性入內。

這名少校來到困惑而佇立不動的達也面前，雙手放在身後交握站直。

「特尉，情報管制暫時解除了。」

藤林站到少校身旁，對達也這麼說。

達也臉上的困惑消失，向面前的男性立正敬禮回應。

除了深雪的所有人，包括剛好入內的克人，都難掩驚訝地注視這幅光景。

敬禮回應達也的軍人，發現克人之後走過去。

「本官是國防陸軍少校風間玄信。所屬單位因故不便透露，請見諒。」

真田已經表明所屬單位，但風間是在提防旁聽的真由美與艾莉卡。

「原來貴官就是風間少校。我是師族會議十文字家代理代表，十文字克人。」

克人聽完風間的自我介紹，也以他在魔法師世界的對外頭銜自稱。

風間簡單行禮致意之後轉身，將克人與達也同時納入視線範圍。

「藤林，為各位說明現狀。」

「是。我軍的保土古駐留部隊正在和侵略軍交戰。此外，鶴見與藤澤各有一個大隊正趕往現場。魔法協會關東分部也自行組織義勇軍加入自衛行動。」

「辛苦了。那麼特尉——」

風間簡短慰勞藤林之後，隨著「特尉」這個稱呼轉頭看向達也。

「有鑑於當前的特殊狀況，上級於剛才下令，正在保土古執行其他任務的本隊也要加入防衛網。基於國防軍特務規則，也要命令貴官出動。」

真由美與摩利同時想開口，但風間一個視線就封住她們的嘴。

「國防軍要求各位，對特尉的地位負起保密義務。這是基於國家機密保護法所採取的措施，請見諒。」

比起嚴肅的用詞或沉重的語氣，視線的力道更令真由美、摩利與花音放棄抵抗。

「特尉，連結車已經備妥你設計的可動裝甲。盡快行事。」

達也出聲回應真田，轉身面對朋友們。

「抱歉，如各位剛才聽到的，你們和學長姊們一起避難吧。」

「特尉，我與我的部隊會陪伴大家。」

達也微微低頭致意時，藤林如此補充。

即使人數並不多，但卻在這種狀況下撥出精銳來保護同伴們。達也率直地感謝她與少校竭盡所能的厚意。

「少尉，麻煩您了。」

「收到。也請特尉加油喔。」

達也向藤林行禮之後，跟著風間離開。

接受道歉的同學們暫且不提，學長姊完全被達也無視。然而不曉得是察言觀色還是愣住，包括高年級學長姊與同年級朋友們，都沒人叫住達也。

「哥哥，請留步。」

以滿面愁容在後方叫住達也的，是妹妹深雪。

達也以目光詢問風間，風間點頭回應之後先行離開。

深雪站到達也面前，將手伸向他的臉頰。

用意並不是要留住哥哥。

達也的立場與責任，深雪和他本人同樣清楚。

深雪最害怕的正是拖累達也。

深雪現在要做某件事。

她沒有這麼做的權限。

但深雪基於獨斷獨行的決定，自願肩負所有責任而做出這件事。她下定決心，要解開束縛哥哥的枷鎖。

達也從妹妹眼中看出她的決心。

達也面對妹妹的仰望視線，以交織著困惑、理解與感謝的表情點頭回應，單腳跪在深雪面前——如同跪在公主面前的騎士。

深雪輕捧哥哥的臉頰，將閉上眼睛的達也的臉抬向上方——朝著自己。

深雪就這麼彎腰屈膝。

親吻哥哥的額頭。

妹妹的嘴唇離開，輕捧臉頰的手也離開之後，達也再度低頭。

變化就這麼唐突地來臨了。

達也身上冒出耀眼到甚至燒灼雙眼的光之粒子。
不是光子，是夾帶著非物理光輝，成為魔法源頭的粒子。
達也睜開眼睛起身。
活化到離譜的想子，圍繞著他席捲全場。
如同身披狂風、率領雷光的風暴霸王。
過於耀眼的光輝立刻平息，但為數龐大的想子依然在他身旁靜靜捲動。
所有人踉蹌遠離達也一步、兩步時，深雪面帶溫文笑容摘起裙子，向哥哥屈膝致意。
「請隨意。」

「我出征了。」
在妹妹百感交集的眼神目送之下，達也出征前往化為戰場的橫濱市區。

[11]

走地下通道前往避難所的第一高中學生與教職員（加上若干非相關人員）集團，和進入地下通道的武裝游擊隊爆發遭遇戰，如今戰鬥即將終結。

避難人員總數多達六十人。由於會場是在第一高中報告完畢之後遇襲，前來加油的學生人數達到巔峰。

梓為這種不幸的際遇暗自嘆息，但身為學生會長的她，努力至少在表面上維持鎮靜。

通道前方迴盪的轟聲，是槍聲與衝擊波的對抗。

是站在最前線的澤木，將握著手槍應戰的游擊隊毆倒的聲音。

在眾人的協助之下，敵方的突擊步槍或衝鋒槍等主要武裝已經癱瘓。梓也使用魔法將氣塊固定在槍口引起膛炸，使得兩把步槍連同槍手失去戰力。

努力的結果就在她的眼前。

雖說是地下通道，卻不是早期那種坑道，燈光設備照亮各處。

游擊兵染血倒在地下通道的路面。

梓面對這幅悲慘的光景，其實很想蹲下來遮住雙眼。但是受命擔任學生代表的義務感，使她拚命壓抑恐懼。

她缺乏魔法戰鬥的技能與指揮部隊的知識。即使她沒開口，社團聯盟與風紀委員會選拔出來的警備隊成員也成為戰鬥主力，不准游擊隊接近。

梓忍受著湧上來的嘔吐感，看著趕來的服部與澤木摺倒游擊隊的光景。她唯一能做的只有旁觀，但她覺得目不轉睛見證他們的奮戰是自己的義務。

由於對方人數不多，幸好己方這邊無人傷亡。

但魔法師並非不死之身。

中刀會流血，中槍也可能死亡。

魔法防禦也並非萬能。要是子彈動能大於魔法的事象改寫力，魔法防壁也會被射穿。

同伴們冒著這個風險，以己身為肉盾，為了保護梓這種不適合戰鬥的學生而戰。梓認為要是從他們身上移開目光，是身為一個人不被容許的背叛行為。

梓就這麼專注地看著將零星突擊之游擊兵毆倒、踹倒的澤木，以及在後方持續發射魔法掩護的服部背影。

游擊兵從掩蔽物後方衝過來，澤木二話不說就打倒。

對方是東亞人種的游擊兵，無法立刻從外型分辨是否為普通市民。

如果對方手持突擊步槍之類的大型槍械就能立刻分辨，但若是藏著手槍或戰鬥刀接近的游擊兵，很難和來自地面避難的普通市民做區分。

所以澤木放棄辨別。

鞏固防守，有人攻擊就打倒。

之所以能採取這種粗魯的戰術，是因為他具備堅固又高階的防禦能力。

聚合、移動系複合魔法——「空氣甲冑」。在自己身體表面三到五公分處的相對座標構築壓縮空氣層，以零相對速度使其靜止的魔法。

沿著人體曲面所形成的空氣層，驅動身體以較淺的角度承受外力，能夠讓高速低質量的子彈偏移軌道。

從槍口方向瞬間分析彈道，進行必要的閃躲動作。

不只是魔法、不只是體術，融合兩者的速度與技術，實現這種遇襲再反擊的搏命戰法。

新的敵人以大型刀子揮砍而來。

澤木運用多重演算，對自己發動加速魔法。

將拳頭速度提升到音速。

披著空氣層的拳頭打向聲音之牆。

游擊兵隨著轟聲被打飛。

看似過剩的攻擊力，可對新的敵人造成牽制效果。

澤木反覆發出的恫嚇，看起來完全沒有效果。

但是如同人的體力有限一般，人的氣力同樣有限。澤木這一拳連同躲在同伴後面趁機出刀的游擊兵，將兩人一起打到地下通道的牆上，終於摧毀游擊隊的戰意。

一顆帶電的蒸氣塊，射向似乎有人逃走的方向。澤木斜眼看著出招的惡劣同學，解除保護身體的鎧甲魔法。

◇◇◇

藤林的部隊包含兩輛越野車與她本人在內，是不到八人分隊規模的小團體。但所有人都洋溢著老練戰士的氣息。

「真由美小姐，很遺憾……沒辦法讓所有人上車。」

真由美懾於各士兵所釋放的身經百戰的氣氛時，藤林以愧疚表情如此告知。

「啊，沒關係，我們原本就打算徒步避難……」

「這樣啊。不過這樣的話不能走太遠。你們要去哪裡避難？」

藤林不找克人而是找真由美交談，應該是因為彼此有面識的關係，但真由美希望她找克人商量。克人肯定比真由美熟悉這種場面。

「保土谷部隊以野毛山為陣地，以小隊為單位掃蕩著敵方游擊隊。山下碼頭的敵方偽裝艦目前沒有動靜，但應該會立刻派機動部隊登陸。這麼一來，海岸地區將會位於戰火中心，所以還是前往內陸避難比較好吧。」

「那個……但我覺得按照預定，前往車站避難所比較好。」

語氣無法盡卸迷惘的真由美看向克人。

「也對，就這麼辦吧。」

克人立刻點頭，真由美露出鬆一口氣的表情。

藤林見狀打趣地揚起嘴角，但是包含真由美在內，無人察覺她這個低調的笑容。

「那我們以車輛帶頭與殿後，請跟我們走。我們會放慢速度，所以別擔心。」

藤林說完走向其中一輛車，真由美與摩利也隨後跟上。

「藤林少尉閣下。」

但克人沒踏出腳步，而是從後方叫住藤林。

「什麼事？」

藤林毫無延遲就轉過身來，快得像是預料到克人會叫住她。

「這個要求很任性，但方便借一輛車給我嗎？」

聽到這番話的一高學生，都覺得這樣很亂來。車只有兩輛，而且不只用來載人，也用來載運武器彈藥。

「你要去哪裡？」

現狀不容許分頭行動。但藤林沒有劈頭拒絕克人的要求，而是詢問要用在哪裡。

「我要到魔法協會分部去。雖說我只是代理，但身為師族會議的一分子，必須盡到對魔法協會職員的責任。」

這是沉重到如同在丹田迴盪的聲音。他的聲音和年輕人膚淺的英雄主義明顯不同，蘊含著背負使命的覺悟。

「我明白了。」

藤林的回應實在乾脆。

「楯岡中士、音羽下士，護衛十文字先生前往魔法協會關東分部。」

在克人反而難掩困惑的時候，藤林指派兩名部下並出借了一輛車。接著，藤林走上另一輛車的車斗，呼喚真由美等人。

「好啦，我們走吧。沒時間浪費了。」

◇ ◇ ◇

第三高中的代表團與啦啦隊，決定以前來時搭乘的巴士避難。

「為什麼停這麼遠……」

「市區就是這種構造，沒辦法。」

巴士停在遠離國際會議中心的大型車輛專用停車場待命。將輝對此頗有微詞，吉祥寺則是相當正經地中斥。

原本就預定不會過夜，競賽閉幕後就直接回去，所以司機留下來待命。光是這樣就是一種僥倖。雖說停車場很遠，也比避難船將抵達的碼頭近。吉祥寺覺得抱怨這種事會遭天譴。

說到擔憂的要素，就是停車場在會場南邊，也就是接近偽裝戰鬥艦靠岸的碼頭。不過尚武氣息強烈的第三高中學生，反而認為「遇到卑劣的入侵者就打跑他們」而氣勢高昂。

剛才在臺上被迫解除武裝（？），似乎更加點燃他們的戰意。

正因為態度過於樂觀，更讓吉祥寺顯得不安。雖說第三高中尚武，不過實際具備戰鬥經驗的人，卻只有將輝等極少數學生。他自己沒有能夠稱為「實戰」的經驗，這次的帶隊老師也都是學者型魔法師。

這個世上，不希望命中的預感總會成真。

吉祥寺心想，上個世紀的中葉，發現這個不有趣法則的那位上尉，一定抱持這種看破紅塵的念頭（但這個法則實際是在上個世紀後期才流行）。

抵達停車場，看見他們那輛大型巴士的下一瞬間——火箭砲正中巴士。

幸好（只能說是不幸中的大幸）命中的是車尾部位，所以司機來得及在受傷或燒燙傷前就慌張衝下車。車體其實也是耐熱防撞，材質和軍用車輛裝甲板相同的特製車種。即使玻璃破碎、表面焦黑，依然免於被打出破洞。

但輪胎報銷了。完全因為高熱與碎片而爆胎。

「混帳傢伙！」

吉祥寺身旁的將輝火冒三丈。

正當吉祥寺打算要他鎮靜下來時，突然改變了想法。

為了換輪胎，這段時間必須阻止敵人接近。

他決定讓好友「恣意肆虐」。

吉祥寺離開將輝身旁，走向帶隊的老師。

「老師。」

「吉祥寺，怎麼了？」

教師的聲音聽起來隨時會顫抖，但光是能如此逞強就很了不起。吉祥寺要不是確信好友實力夠強，肯定也和教師一樣。

「敵人交給將輝，我們準備換輪胎吧。」

「可是，就算要準備……」

「這裡是大型與特殊車輛專用的停車場。具備簡單維修的設備，應該有備用輪胎。」

「對……對喔！好，沒事的同學和吉祥寺一起去找更換用的輪胎！」

之所以強調「沒事的同學」，是因為不少人和將輝一樣進入交戰狀態。

吉祥寺才一年級，卻是場中最冷靜的人，因此他自然掌握主導權。第三高中的學生們，無論是同年級還是高年級，就連老師也依照吉祥寺的指示進行逃離準備。

◇　◇　◇

梓所率領（這種形容方式或許和事實不太相符）的第一高中學生、教職員加上外人組成的集團，晚別校一步抵達地下避難所入口。

晚到的原因，在於人數比別校多。

總數六十人。這樣的人數在平常沒什麼大不了，但要讓所有人集中在同一個地方就很費時。在提防襲擊並擊退敵人的過程中，這樣的人數在成為武器的同時，也是重擔。

防災時允許自由進入的門，在敵軍猖獗的狀況也不能隨意開啟。必須從已經有許多人避難的室內開鎖。

門還沒打開的這段時間，服部與澤木在入口前方的地下廣場（開闊如同廣場的地下通道）點名，確定是否有人脫隊。

教職員們執行著大人的職責。安宿檢視各傷者的狀況、遙安撫著無法掩飾不安的學生、廿樂和十三束一起殿後警戒。

或許不應該說正因如此——但首先察覺異狀的是廿樂。

「各位，請保護頭部趴下！」

地下通道的頂部響起怪聲。

是水泥的軋轢聲。

照明熄滅，闇幕低垂。

頂部與壁面出現裂痕。

這一切都在須臾之間發生。

有人尖叫。

有人蹲下。

也有人試著構築魔法，擋住落下的鋼筋、水泥與土石。

但無論是使用何種力量，都無法避免地下通道崩塌。

這時候的梓，正以避難所入口的有線終端裝置進行協調，要求儘早開門。

聽到廿樂的警告不由得轉身的她，無法從眼前發生的毀滅移開目光。

甚至無法閉上眼睛。

頂部坍塌，壁面崩毀。

她自己無須擔心受到崩塌波及。

雖然她身處門外，卻是在堅固合金籠罩的避難所通道上。

然而，其他學生……

「……咦？」

塵埃停止飄散，通往避難所入口的通道照明恢復運作，揭露地下通道崩塌的結果時，梓的雙眼並未泛出淚水，而是對預料之外的光景驚呼一聲。

第一高中的學生並未被活埋。

水泥碎片組成了一道拱廊。

不曉得究竟是基於何種巧合，大型水泥碎片相互以圓弧狀咬合，支撐彼此的重量，底下形成一個能讓人彎身通過的空間。

不，這種東西絕對不可能基於巧合形成……梓如此心想。毫無人為意圖而產生這種現象的機率，極近於零。

（……原來如此，是多面體操控！廿樂老師的魔法！）

梓在心中喊出的「多面體操控」並非立體圖像的繪製指令，而是將構造物抽象化，視為三角錐或四角柱這種單純多面體的聚合物，操控這些構成用的虛擬單純立體物件，藉以控制大規模構造物變化的魔法。

現代魔法不擅長將單一事物的某部分產生變化。一般來說，如果要阻止地下通道崩塌，必須將整條地底通道當成施法對象。

但「多面體操控」將單一事物認知為許多構成材料的集合體，因此變化某個部分就能對整體帶來影響。

為此當然需要強大的分析能力，將單一構造物分解為許多小型材料。而做得到這一點的魔法師，就可以刻意表演以無法置信的巧合創造出來的奇蹟——如同現在這樣。

廿樂大概是察覺到，地下通道基於某種理由負重過度無法避免崩塌，所以利用土石壓力，將崩落碎片的運動控制為撞球類型，藉以形成一條拱廊。

但這條拱廊終究是以瓦礫堆成，沒有天然石塊的強度。

「各位，快往這裡來！」

梓大聲呼叫趴在地上的學生、教職員與外人後，拚命請避難所裡的人盡快開門。

安宿為了診療傷患而離開，導致孤零零身處於六十人集團之中的千秋，是發不出尖叫聲而只顧蹲下的眾人之一。

頂部確實坍塌了，牆壁各處應該也已損毀。但自己為何沒被活埋？

千秋戰戰兢兢睜開眼睛，為映入眼簾的光景語塞。鋼筋與水泥瓦礫如同拼圖般複雜地疊合，形成一條小小的隧道。無法置信的巧合令千秋茫然癱坐在原地。

此時……

「妳在做什麼？快逃啊！」

某人出言斥責並且牽起她。

千秋嚇得身體一顫，反射性地想掙脫對方的手。

但是握住千秋的這隻手，柔和得不讓她覺得痛，同時有力得絕對不會鬆開。

「快點！」

這隻手毫不在意千秋出自反射動作的拒絕，拉著她往前跑。

後面沒有他人的聲音或氣息。看來她在茫然的時候成為了最後一人。

前方射入微弱的光，大概是離開瓦礫隧道的人以燈光照向這裡。

千秋在這時候什麼都沒想。她就只是被對方牽著手，以放低身體的難受姿勢，沒有停下腳步而持續奔跑。

光越來越耀眼，看到隧道出口了。

不祥的軋轢聲傳入耳中。

部分瓦礫無法承受重量而崩場。

終焉的影像以慢動作展開。

牽著千秋的少年，用力將她拉過來抱到懷裡，以空著的右手拍打自己右腰。

千秋感受到一股身體被抽離的衝擊。

她不由得全力抓住少年抱著她的手與胸口。

直到穿過崩塌的瓦礫，抵達避難所通道，千秋才察覺這是忽然加速造成的慣性。

十三束平安救出逃晚了一步的女學生，梓見狀撫胸鬆了一口氣。

但在看到這名女學生之後，她恢復平靜的心臟再度用力亂跳。

（是平河學姊的妹妹……）

梓同為九校戰工程師團隊的一員，和平河小春交情甚密。個性溫和的平河姊姊，是梓易於來往的學姊，也是同樣擅長技術領域而談得來的前輩。

梓一開始聽到這個妹妹妨礙代表隊未遂的消息時，懷疑自己聽錯了。梓沒當面見過妹妹，但依照偶爾聽到的情報，她不像是會做這種事的少女，所以梓更加受到打擊。

她慌張地離開自己緊抱的少年，害羞低頭卻不時窺視對方長相的樣子，看起來真的像是個普通的學妹。

可以的話，希望就這麼從惡夢醒來……梓逕自如此祈禱。

千鈞一髮免於活埋的千秋，在堅固的合金屋頂下方鬆了口氣。

接著總算取回餘力，得以察覺自己的姿勢。

「！」

算是破自我紀錄的反應速度？千秋以混亂得恰到好處的大腦如此思考。之所以說恰到好處，是因為沒混亂的話大概就錯亂了。

總之她全速驅動四肢，離開自己緊抱的少年。雖然害羞到抬不起頭，卻同時對少年的長相在意得無以復加。

結果她就這麼低著頭不時偷窺對方，舉止相當可疑。但對方少年似乎不以為意。

「妳還好嗎？那就快進去吧。」

關懷的聲音。

這時候的千秋，覺得好久沒聽到這樣的聲音。在互相利用的「合作關係」中，她未曾關懷對方，也未曾得到對方的關懷。沒達成目的而被捕之後，只覺得對方說什麼都像在責備。

但是這名少年理所當然地關心她、對她說話……千秋不知為何能抱持這種感覺。

「啊，等一下。」

少年帶頭過門時（即使如此，他依然看著千秋引導前進），千秋不由得抓住他的上衣。

「那個……謝謝……」

現在的她，光是這樣就竭盡全力。

「嗯？不用客氣。」

這名少年（千秋這時候還不曉得他叫十三束）自然地接受了這份謝意，千秋開心到連自己都覺得不可思議。

◇

由藤林部下帶領，真由美等人抵達設置地下避難所的車站廣場，面對現場慘狀而語塞。

廣場大幅下陷。

巨大金屬塊在上頭昂首闊步。

「直立戰車……到底是從哪裡來的……？」

藤林發出呻吟般的聲音，大概是因為敵人出乎預料。

全身覆蓋複合裝甲板的人型移動砲塔。下半部如同粗短雙腳套上直排輪履帶的造型，上半部則是單人小型車輛外型，再裝上備有各種火器的長長雙臂與沒有脖子的頭部。

機體總高度約三公尺半，肩部高約三公尺，長寬各約兩公尺半，是原本由東歐開發，用來在市區有效掃蕩步兵的兵器。

而這樣的兵器共有兩架。

彈藥全滿又搭載兵員時的總重量約八噸，兩架重量合計十六噸。但光是如此，並不足以讓整地強化之後的路面凹陷。

直立戰車肯定朝地下避難所或地下通道發動過某種攻擊。

「可惡！」

「花音，使用『地雷原』不太好！」

花音從茫然自失恢復的瞬間，火冒三丈地要發動魔法，但五十里抓住她的手臂制止。

現在不曉得地下處於何種狀態。在這種狀況使用振動地面的魔法，很可能令慘劇擴大。

「我不會用那種東西啦！」

花音甩開五十里的制止，試圖發動魔法。

她所注視的目標——

已經被打成蜂窩，凍結為白色。

「啊……」

「真由美小姐與深雪小姐真了不起，我們根本沒空檔出手。」

花音愣愣地佇立在原地，旁邊的藤林苦笑著稱讚。隨即，真由美有些害羞地，深雪則是露出微笑，兩人共同行禮致意。

「……走地下通道的他們似乎都沒事，沒看到有人被活埋的跡象。」

如此告知的是幹比古。他閉著眼睛，像是把內心某部分留在某處的表情，代表他將部分五感交由精靈探索地下。

「這樣啊。既然吉田家的您這麼說就肯定沒錯。辛苦了。」

「不，這沒什麼大不了。」

幹比古聽到藤林的慰勞，連忙睜開雙眼迅速回應。

喜歡消遣或嘲諷這種生澀反應的人，都齊聚在這裡。

「——所以，接下來該怎麼做？」

但實際響起的是艾莉卡這句話。

藤林對這種挑釁語氣完全不為所動，果然該說是成年人的從容吧。

「直立戰車居然深入到這種地方，看來事態演變得比想像中迅速。我個人建議各位前往野毛山的據點避難。」

「可是這麼一來，不會成為敵軍的攻擊目標嗎？」

「摩利，現在進攻而來的對象，不會區分我們是不是戰鬥人員。我覺得就算和軍方分頭行動也不會降低危險。反而更危險。」

真由美委婉地否定摩利基於原則的推論。

「那麼，七草學姊認為應該前往野毛山？」

五十里提出理所當然的詢問。

但真由美搖頭回應。

「我打算請運輸直升機過來，協助晚一步逃生的市民。」

她說完看向車站方向。避難所入口損毀而無處可去的市民正逐漸增加。

「我想先清理那些殘骸，確保起降空間，然後在這裡等待直升機抵達。摩利，妳帶大家跟著響子小姐走吧。」

「說這什麼話！妳打算獨自留在這裡？」

出乎意料的這番話，當然引發摩利質詢。

但真由美的回應很堅決。

「摩利，這是身為十師族必須背負的義務。我們在十師族的名下，享受各式各樣的好處。這個國家沒有貴族之類的特權階級，但是實際上，我們十師族有時候甚至獲准不受法律束縛而自由行事。我們必須在這種時候讓自己的力量派上用場，作為特權的代價。」

「——既然這樣，我也留下來吧。」

摩利懾於真由美話中蘊含的決心（或是覺悟）之後，五十里代替摩利這麼說。

「我也是含數的百家之一，在各方面得到政府的好處。」

「既然啟要留下來，那我也要！我也是百家之一。」

「那我也一樣。別看我這樣，我姑且是千葉家的女兒。」

「我也留下來。哥哥正在戰鬥，我可不能什麼都不做。」

「我……我也要！」

「我也連絡父親，請他派公司的直升機過來。」

「我不是十師族，也不是百家……但學妹都說要留下來，我沒辦法夾著尾巴逃走。」

「我也是。我對自己的實力有自信。」

「我也要留下來。我不像小莉、桐原與大家這麼高明，但我想儘可能贖罪。」

「吉田家不是百家……但同樣在各方面受到優待。」

「那個，我或許無法成為任何助力，但至少能成為大家的『眼睛』……」

「市原，學弟妹都說要留下來，不能只有我們去避難吧？」

「說得也是。何況只有真由美在場會令人擔心。畢竟她某些地方意外地脫線。」

「真是的。」

真由美向鈴音這番話抗議，隨後——

「話說回來……大家好笨。」

她並非演戲，而是由衷覺得可嘆而嘆了口氣，以帶著死心念頭的美貌再度看向藤林。

「如您剛才聽到的，我們家的孩子實在不聽話……抱歉糟蹋您難得的厚意。」

真由美深深低下頭，後方的一行人則是尷尬地移開目光。看著這一幕的藤林只有表情維持正經，明顯一副看好戲的樣子。

「真可靠。那我將部下留在這裡。」

「不，用不著這麼做。」

這個聲音不是來自第一高中學生那邊，而是藤林身後。

「警部先生。」

「壽和老哥？」

不同的稱呼代表相同的人物。

千葉警部轉身面向稱呼他「警部先生」的藤林。

「軍方的工作是排除外敵，保護市民是警方的工作。我們會留在這裡。藤林小姐……不，藤林少尉請和總隊會合。」

「我明白了。千葉警部，後續就勞煩您了。」

登場時機準確過頭，話語如同預演過的臺詞。

但藤林完全沒提到這件事，行了一個標準的舉手禮之後就瀟灑離去。

「唔～……她是個好女人。」

「啊，不可能不可能。那不是壽和老哥能應付的女性。」

千葉警部感慨地喃喃自語，妹妹卻不留情地吐槽，使他露出銳氣重挫的表情而語塞。

◇　◇　◇

在大型特殊車輛專用的停車場對抗游擊隊的三高學生，半數以上陷入無法戰鬥的狀況——原因在於無法壓抑嘔吐感。

「一条，給我稍微手下留情啊！」

橫濱事變 概略圖 2

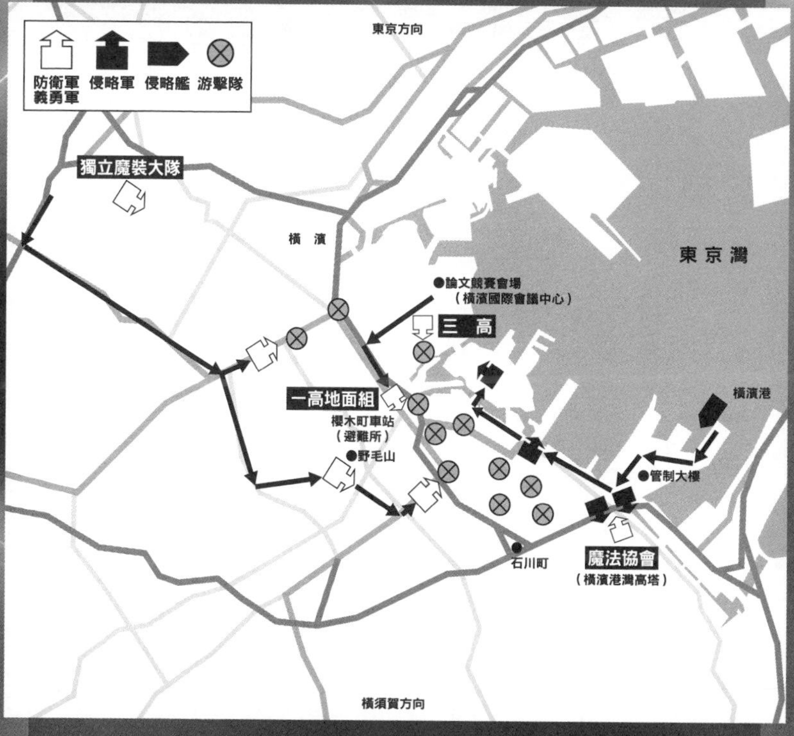

西元2095年10月30日
下午4點現狀

「我才要請學長退後一點。」

身為元凶的將輝，即使受到再多責難也完全聽不進去。

泛紅的手槍形態特化型ＣＡＤ，指向國籍不明的游擊兵。

接著，紅色的花朵綻放並消散。

將輝再度聽到某人搗嘴作嘔的聲音。

他每殺一個敵人，敵我雙方的戰意就逐漸降低。

（如果光是這種程度就害怕，打從一開始就別妄想上戰場啊。）

無論他人投以何種目光或話語，將輝都只在內心如此放話，若無其事般不予理會。

他的主張很正確，是無從批判的中肯論點。

但人體破裂而濺出鮮血（正確來說是紅血球）的光景，究竟多少士兵能平靜以對？

一条家的祕術——「爆裂」。

將目標物內部液體瞬間氣化的魔法。

如果用在人體，血漿就會氣化，其氣壓將會炸開肌肉與皮膚，導致血液裡的固態成分——紅血球綻放鮮紅與深紅的花朵。

除了極少數的例外，他的同學與學長姊們，首度得知「染血」的真正意義。

◇　◇　◇

從守方的角度來看，偽裝登陸艦像是完全奇襲成功。不過在艦橋——也就是司令部裡，洋溢著和一帆風順相差甚遠的氣氛。

「前去占領避難所的臥底失去連絡了。直立戰車無回應。」

兼任侵略部隊總指揮官的偽裝登陸艦艦長，聽到通訊官的報告之後露出苦悶表情。他們原本預定的作戰，是在事先潛入的臥底捕獲人質之後，一鼓作氣投入機動部隊。

便衣臥底的損耗程度比預料中嚴重。派往國際會議中心與大型車輛停車場的部隊尤其受到重創。很遺憾，交由臥底部隊負責聲東擊西的作戰非得變更了——艦長做出這個判斷。

「派機動部隊登陸。」

他命令「本國製」的直立戰車與裝甲車出動。

◇　◇　◇

「……所以壽和老哥為什麼在這裡？」

站前廣場的一角，上演著千葉家兄妹稱不上溫馨的團圓和樂（？）場面（至少哥哥很快樂，形容成團圓和樂只錯一半）。

若要說為何會在「一角」上演，是因為艾莉卡與壽和都不適合負責清理直立戰車殘骸、把駕駛員拖出來盤問，以及整平路面讓直升機降落的工作——但現任警部壽和「不適合盤問」似乎也不太對。

總之，基於這個原因，這兩人都閒著沒事做（為了兩人的名譽補充一下，桐原與紗耶香也同樣閒著沒事）。

不過，至少壽和不在意這時候被當成沒用的傢伙（把他當成沒用傢伙的是稻垣），愉快享受著妹妹咄咄逼人前來找碴的對話。

「居然問為什麼，真令我失望。溫柔善良的哥哥想協助心愛的妹妹並不奇怪吧？」

「溫柔善良？你這小子居然有臉講得這麼假惺惺……」

「別這樣，艾莉卡。女生不可以用『你這小子』這種粗俗的話語。」

「你！事到如今！憑什麼！要我表現得像是大小姐！」

「真是的，我明明這麼深愛妹妹……我好難過。」

或許是睜眼說瞎話過頭了，艾莉卡激動的情緒一下子冷卻了。

妹妹忽然改為投以冰冷目光，壽和感到無趣般地嘆了口氣。

「我真的是來協助的。」

壽和以掃興表情與不負責任的語氣如此告知。於是，妹妹對此哼笑一聲，壽和則是回以壞心眼的笑容。

「艾莉卡，妳擺出這種態度真的好嗎？」

「怎樣？」

艾莉卡露出有些怯懦的表情。哥哥身為絕對強者的孩童時代——比現在年幼許多的兒時植入的畏懼意識，不是能輕易拭去的東西。

「我帶來一個好東西給妳。」

「好東西？我才不要。」

即使如此，艾莉卡的這份逞強——這份意氣依然沒有受挫。千葉壽和是艾莉卡第二個不能屈服的對象。

這是壽和的期望，是他對兒時妹妹的期望。

「別這麼說，這是今天的妳必備的東西。」

對壽和來說，「兒時的艾莉卡」是他忍不住想戲弄的可愛妹妹。不過現在位於這裡的，是想要比當時更強，變得更可愛的妹妹。壽和抱著「今天暫且就此放過妳吧」這種洋溢著壞蛋或喪家犬風格的想法，從身靠的廂型車取出一把描繪平緩曲線的長大武器。

艾莉卡看到這個輪廓就瞠目結舌。

壽和取下細長的袋子，將這把大太刀遞到艾莉卡面前。

全長一八〇公分的尺寸，遠超過艾莉卡的身高。

光是刀刃就長達一四〇公分。

刀身弧度平滑到不自然的程度，稱為太刀也不太對的這把武器是——

「大蛇丸？為什麼在這裡……？」

「為什麼？艾莉卡，這是愚蠢的問題。大蛇丸是用來產生『山怒濤』的刀，而能夠使用『山怒濤』的只有妳。不論是老爸或是修次都無法使用『山怒濤』。即使能夠依樣畫葫蘆，有資格宣稱『會用』的只有妳。所以大蛇丸是為妳而存在的刀。」

艾莉卡接過大太刀的手在顫抖。緊握這份像是會連同整個身體失去平衡的重量之後，顫抖才終於止息。

這是千葉家所創造出來的最強武器。千葉家自負和雷丸同為刀劍型武裝演算裝置最高傑作的祕密武器。

即使只是短時間，艾莉卡也沒想到能獲准自由使用這把刀。

「看妳似乎很開心。」

哥哥的聲音令她恍然抬頭。

艾莉卡內心受到大蛇丸吸引，甚至忘記對哥哥抱持的反抗心態。

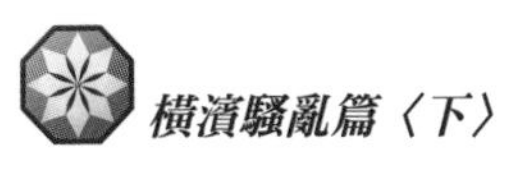

因為，這把刀是——

「艾莉卡，拿著如同分身的愛刀，令妳這麼開心嗎？呵……果然。無論老爸怎麼認為，或是修次怎麼想，艾莉卡，妳依然是千葉家的女兒。」

「……哼！這次我就說聲謝謝吧。」

「就說了，女生講話別這麼粗俗……」

艾莉卡沒把壽和這番話聽完就轉身向後。

她提著大蛇丸快步遠離。

妹妹淺顯易懂的態度，使得壽和露出愉快的笑容。

「查出什麼了嗎？」

從直立戰車拖出駕駛員之後，如今是五十里將上半身伸入座艙。身後傳來的聲音，使他抽回身體，轉身搖了搖頭。

「不行，我對這種兵器並不是那麼清楚，但應該是流入中古市場的舊型機種。沒找到能確定國籍的證物。」

「中古市場會賣兵器？」

真由美以驚訝表情詢問，五十里笑著點頭。

「連戰鬥機都能在中古市場買到喔。若是小型戰亂，大戰時期的兵器依然寶刀未老。」

真由美佩服地哼了一聲。五十里不禁感到會心一笑時，旁邊傳來某種肅殺的氣息。

如今五十里不用以目光確認，也立刻知道是誰的氣息。

五十里將放鬆的表情繃緊，再度看向真由美。

「不過，在中古市場比較容易購得同盟國家的兵器，這是不為人知的隱情。這架直立戰車是東歐製，所以很可能是大亞聯盟的幹員……但如果要確定幕後黑手，我想唯一的方法應該是直接詢問駕駛員。」

「但他會乖乖招供嗎？」

「這時候就期待摩利的本領吧。」

真由美聳肩回應花音這個中肯的疑問。

「那我去幫忙整地。」

五十里低頭致意後，便和形影不離的花音離開了。真由美目送著兩人背影，走向負責盤問的摩利等人。

被捆綁起來的兩名駕駛員，除了臉部輕微凍傷，沒有明顯外傷。

其中一人由稻垣盤問，另一人由摩利盤問。

「怎麼樣？」

真由美走向摩利，簡單地詢問狀況。

「守口如瓶。早知如此，就應該帶更強的香水來……」

不甚滿意的成果，似乎使摩利有些煩躁。

「這也沒辦法。畢竟今天找關本同學問話時，他的條件就是不使用藥物。」

自己與眾人都認同是對人戰鬥專家的摩利，不只擅長使用魔法或刀劍，也擅長使用小型槍械甚至化學武器。

操作氣流，只讓敵方以鼻腔吸收揮發性藥物，是她擅長的招式之一。她還暗藏了只讓對方吸入心理操控香水的壞女人（應該說是犯罪）招數。這次她也試著偷偷把這種藥物用在俘虜身上，但是很遺憾沒有效果。

「來拷問吧。」

「等一下，這樣再怎麼說也太……」

摩利輕聲說出危險的提議，真由美連忙阻止。

「放心。我有自信不留下任何傷痕，只造成痛苦。」

「我不是那個意思啦！……摩利，妳要不要去休息一下？」

「……也對，就這麼做吧。」

看來她多少自覺到思緒運作太久，變得不靈光。

摩利朝真由美揮手示意，走向坐在長椅打開地圖的鈴音。

鈴音所坐的長椅前方的地面（當然是水泥地），現在正映著擴大到長三公尺、寬四公尺的精密地圖畫面。

是鈴音以終端裝置調出地圖，再由穗香折射光線投影而成。

是她們目前的所在地，從櫻木町到山下町的沿岸地區詳細地圖。

此時又另外投射船隻、人群與街景的影像。

「喔，挺厲害的嘛。」

「啊，渡邊學姊。」

投射在路面的影像失焦，但立刻恢復為鮮明的圖像。

街景影像轉動，和地圖完全重合。

鈴音的手指，在完全開啟的筆記型終端裝置鍵盤上忙碌地躍動著。隨著最後啪一聲按下輸入鍵的聲響，鈴音抬起頭。

「問出什麼了嗎？」

「很遺憾，完全沒有。」

摩利以苦澀表情搖頭回應鈴音的詢問，接著立刻恢復為深感興趣的表情。

「看來這邊有成果。」

「是的。多虧光井學妹，已大致掌握敵方現在的兵力與動向……光井學妹，可以了。」

鈴音的稱讚，使得穗香露出靦腆笑容而點頭回應。

路面的地圖同時消失。

「以控制光的魔法來說，能夠操控到這麼精密也很罕見吧？」

「是的。印象中，我不記得只以光線折射，就能製造低空偵察機等級的鮮明影像。這應該當成和一般光折射魔法不同種類的魔法。」

鈴音的平淡稱讚令穗香臉紅。

「別這麼說……和達也同學或深雪比起來，我的魔法沒什麼了不起……」

「光井，用不著那麼謙虛。他們兩人的魔法確實十分強勁，但在某些時候，情報比攻擊力更能左右戰況。」

「沒錯，光井學妹。能像這樣以俯瞰方式掌握現狀，具備很重要的意義。我們沒有無人偵察機或對流層監視器之類的通訊方式，只有妳能使用的這個魔法極有助益。」

「謝謝學姊！」

穗香紅著臉用力行禮致意，兩名三年級學生會心一笑地看著她。

平常總是只有厚臉皮（？）的學弟妹引人注目，因此她們對這種生澀反應感到新奇。

從國際會議中心前往魔法協會分部所在的橫濱港灣高塔，走沿岸道路比較近，但走內陸道路也不會繞太遠。敵方的主力是國籍不明的戰鬥艦所派出的登陸部隊。潛伏在市區的兵力也在沿岸活絡地行動。

但是對於「要繞路嗎？」的詢問，克人以搖頭方式回應。

如今，克人搭乘的軍用車以最短距離，從砲火交加的沿海道路直指灣塔。

越接近灣塔——正確來說是越接近山下碼頭——敵方就更加重裝出擊。遭遇侵略軍機動兵器（具體來說是直立戰車）的頻率也逐漸提升。

「與其說敵方兵力集中，應該說敵方正在展開兵力。」

坐在副駕駛座的楯岡中士對克人如此說明。

克人默默點頭回應。他沒說話並非瞧不起士官，是因為他的注意力大多分配在魔法。

緊接著，扛著多管飛彈發射器的小型集團，從他們行進方向的側邊巷道來到路上。不是便衣軍。雖然身上沒有顯示國籍的標記，卻身穿統一造型的野戰服。

肯定是敵軍登陸部隊。

這支小隊瞄準克人搭乘的車輛，發射四發應該是反戰車飛彈的肩射飛彈。

距離堪稱極為接近。

即使是初速緩慢的飛彈，也不是越野車躲得掉的狀況。

但手握方向盤的音羽下士不為所動，楯岡中士隔著副駕駛座擋風玻璃架起自動步槍。

飛彈命中車輛前方五公尺的空中。

爆炸的火焰舔舐著半球狀覆蓋車輛的護壁。

從內部射出的子彈掃蕩敵軍。

由外而內的攻擊無法通過。

由內而外的攻擊不受阻礙。

不用說，具備指向性的透明防壁，是克人的領域魔法。

將以自己為中心的半球面薄型空間，改寫為禁止某種程度以上的熱量，與大於氧分子的物質入侵的性質。

即使在高速移動的車上，克人的防壁魔法也穩如泰山。

藤林的部下在這趟短暫的車程，已親身體驗「鐵壁」稱號的意義。

獨立魔裝大隊是獨立作戰單位，因而定位為「大隊」，但人數只有兩個中隊的規模。這次他們為原本任務（也就是對運用魔法技術的武器進行使用測試）出動的人數，是隊裡的五十人。兩輛大型裝甲連結車上，搭載與人數相符的新型裝備。

「——特尉，怎麼樣？」

「了不起，甘拜下風。」

掛在衣架上的連身套裝，外觀看起來像是加裝保護裝置的騎士服。前方的真田得意洋洋地反覆點著頭。

「應該合身，立刻換裝吧。」

在真田催促之下，達也脫掉所有衣物。連結車上也有女性官兵，但彼此都不在意。

獨立魔裝大隊的士兵，在某種層面來說都是實驗動物，進行全身檢查並不稀奇。不只是男性官兵會被女性官兵看見自己一絲不掛的樣子，相反的狀況也經常發生。在這個職場可不能因為羞恥心而佇立不動。

達也迅速穿上專用內衣，俐落地穿上黑色連身套裝——可動裝甲。圍上厚實腰帶，確實固定在套裝接頭。接著將自用ＣＡＤ插在腰部兩側的槍套，戴上面罩可拆卸的全罩式頭盔。

「看來沒問題。」

『是的，誤差在容許範圍。』

達也的聲音從連結車的室內喇叭中傳了出來。達也察覺通訊機自動開啟，操作頭盔收起覆蓋口部的面罩。

「防彈、耐熱、防震、反生化武器是必備，也依照設計加入了簡單的動力輔助功能。而且飛行元件當然有暗藏在腰帶。還和緩衝機構搭配，設計成可以抵消射擊時的反作用力，所以能夠在空中進行射擊。」

「只能以高明來形容。性能比在下設計的還好。」

「別這麼說，我也因而有這份好工作能做。」

真田邀達也握手，風間在兩人雙手緊握的時候前來。

「真田，你也差不多該滿足了吧。」

風間朝著默默回以舉手禮的部下瞪了一眼，再將視線轉向達也。

「那麼事不宜遲，特尉前往和柳的部隊會合。柳的部隊目前正在通往瑞穗碼頭的橋前，攔阻敵方部隊。」

「柳上尉的現在位置可以用護目鏡顯示。」

「我明白了。」

達也重新戴上面罩，確認和柳部隊的相對位置之後走出連結車。

沒踩階梯就直接跳下連結車的達也，趁力道未減就輕拍腰帶扣。

那是飛行魔法ＣＡＤ的開關。

達也輕踩地面，就這麼飛到空中。

◇ ◇ ◇

國籍不明的侵略軍讓機動部隊登陸山下碼頭之後，將部隊一分為二。

一隊朝著魔法協會所在的灣塔直線進軍。

另一隊沿著海岸北上進攻。

北上部隊沒有和第三高中阻止的游擊兵會合，反而繞過當地，看起來像是追著試圖走海路逃離的民眾行動。

獨立魔裝大隊已掌握對方動向。

進攻部隊是重視機動性的輪式裝甲戰車六輛。

裝甲車在行進中重整為兩列縱隊攻向橋頭。面對敵人的柳上尉，在頭盔下咧嘴一笑。

他是典型的對人戰鬥魔法師。

柳所擅長的技術，是預測對方的運動方向，以體術搭配魔法予以誘導、增幅或反轉的近身戰技。幾乎不可能像這樣應付機甲部隊——直到他分發至獨立魔裝大隊。

或許是因為獨立魔裝大隊的隊長使用古式魔法，因此即使在一〇一旅之中，也屬於古式魔法師較多的部隊。柳則是其中典型的古式魔法術士。

在刀劍、拳腳相向的戰鬥中，以身體動作或「型」代替結印，作為行使魔法的祕密輔助。繼承這種技術的柳，甚至把操作ＣＡＤ的程序，都當成會造成破綻的耗時動作敬而遠之。

但即使是這樣的他也不得不承認，光是扣下扳機就能構築大規模魔法，將數十噸重的物體翻覆移位的特化型ＣＡＤ，確實有其實用性。如果要以結印或替代儀式發動相同規模的魔法，至少應該也要花上五秒。這是面對敵人時不被容許的時間。

（感覺好差。）

柳在心中如此低語，嘴唇依然因為笑容而扭曲。

面罩後方維持猙獰笑容的柳，從掩蔽物後方跳到裝甲車隊正前方。

全身漆黑的裝甲服。

而且，只有一個人。

大概是敵人超乎預料而有所困惑，裝甲車砲塔並未開火。也可能是覺得只是單兵，想以巨大的車輪輾過。

裝甲車與裝甲服的防禦力相差太多，柳也完全不想在敵人砲口前面待太久。

柳的ＣＡＤ外型是上刺刀的步槍。他扣下扳機確認魔法發動後，再度跳到掩蔽物後方。

表面上造成塵埃筆直揚起，在路面劃上一條直線。

裝甲車的車輪，碰觸到這條直線就浮了起來。

撼動地面的轟聲連續響起，告知柳發動魔法的結果。

裝甲車隊側翻，波及到同僚的戰車。

仔細看就知道，東側戰車壓在西側戰車上頭，翻覆了。

加重系魔法——「千疊返」。沿著南北方向瞬間阻斷地球重力，使得目標物基於地球自轉的離心力，從東側掀起來滾到西側。

子彈從天而降，命中裝甲車底面的「腹部」。柳發動魔法的同時，隊員就飛到空中開槍。步槍造型的武裝一體ＣＡＤ所射出的子彈，受到強化貫穿力的效果，輕易地射穿裝甲車用來防禦地雷的底面裝甲。

油槽遭到貫穿而起火的車體，從下方往上彈。

看似被壓扁的西側裝甲車，毫髮無傷地現身。

看來侵略軍的裝甲車上，有擅長「反彈」魔法的魔法師擔任防禦要員。強度足以彈開十噸以上重物的護壁，肯定能排除絕大多數普通槍砲的攻擊。敵軍魔法師的實力很強，不然就是搭載了強化魔法的系統。

子彈再度從天而降。

強化槍擊的魔法、反彈槍砲彈的魔法，兩者的干涉力互噬之後，雙方魔法都失效。

穿甲彈命中裝甲，卻不至於貫穿。

裝甲車的機槍砲塔往上，朝空中灑出大口徑機槍彈。

兩名隊員失去平衡落地。看來分別是腳與腹部中彈。

多虧套裝的防彈效果，沒造成斷肢的重傷。

在掩蔽物後方看到這一幕的柳，再度衝到敵軍面前，接連扣下三次扳機。

柳的「千疊返」是阻斷地球重力的魔法，並非干涉目標物伴隨的情報。

阻斷重力的魔法，無視於敵軍施加在車身的防禦魔法而發動。

敵方裝甲車迅速側翻。

大概是翻覆的衝擊導致保護裝甲車的魔法護壁中斷，空中射出的子彈貫穿裝甲車底部裝甲，僅存的三輛裝甲車也被烈火吞沒。

飛行魔法所能發揮的速度，端看魔法師對這個魔法的熟練程度而定。從頭開發飛行魔法的達也，比任何人都熟悉這個魔法。以他所操作的飛行魔法，從連結車總部到柳部隊的現在位置，可說是彈指即至。

景色高速捲動而去。達也在戰鬥訓練之中，動態視力也受到充足的鍛鍊，不過在「飛翔」這種人類原本不可能做得到的行動之下，他沒有過度相信自己的身體機能。除了肉眼還加上精靈之眼作為雷達併用，注意飛行時的障礙物。

多虧如此，他察覺了。

全長約一公尺的小型飛行物體。整體塗黑的前翼機設計，肯定是低空無人偵察機。這架飛機在目標地點（柳部隊交戰中的區域）上空盤旋。達也為了避免被偵察機的魔法偵測，先上升到無人機上空遠處，再以右手架起ＣＡＤ，關閉飛行魔法。

達也頭下腳上地墜落，在最接近無人偵察機時，發動分解魔法「雲消霧散」。

無人偵察機瞬間化為粉塵溶入風中。

達也再度開啟飛行魔法準備著陸。

◇◇◇

無人偵察機傳來的影像忽然中斷，侵略軍司令部即使沒陷入恐慌，也處於類似混亂。

失聯的並非唯一的偵察機，但是這種昂貴的小型無人機，他們無法準備太多。因此肯定失去一對寶貴的「眼睛」。

深入敵國奇襲，反過來說就是在敵國內部遭受孤立的狀態。失去掌握狀況的手段之一，這個事實造成他們不少壓力。

達也和柳會合時，第一場戰鬥已經結束。柳正在見證傷兵接受治療。

「特尉，你來得正好。」

達也還沒出聲，柳就認出達也叫他過來。

達也在柳面前迅速敬禮之後，觀察脫下裝備橫躺的傷患。

「子彈已經取出來了。再來能拜託你嗎？」

脫下頭盔的柳臉上沒什麼表情，眼神卻無法完全隱藏心境。

「是。」

達也以堅定的回應，否定並捨棄柳的罪惡感，從左腰抽出銀色的ＣＡＤ。

受傷的隊員停止了低沉的呻吟。相對的，達也緊閉的口中隱隱約約發出臼齒軋轢的聲音，傳入柳的耳中。

鈴音以穗香的魔法取得侵略軍的俯瞰影像，察覺敵方兵力比想像的還少。

「不過，我覺得戰線好像擴大得太誇張了。」

「現在沒有稱得上戰線的地方。」

鈴音以毫不客氣的這句話回應摩利的疑問。

「內陸的戰鬥是零星進行。潛入的游擊兵擾亂交通與通訊，登陸部隊直線前去鎮壓目標……我想這就是侵略軍的基本戰術。」

「既然鈴妹這麼說，應該就沒錯……但是既然這樣，敵方的目標是什麼？」

真由美納悶地詢問，鈴音也稍做思考。

「……其中一個目標，是真由美推測的魔法協會關東分部。這應該可以確定。另一個目標似乎是試圖走海路逃離的市民，我想大概是敵軍想抓人質。」

「人質？」

真由美反射性地回問，鈴音以慎重語氣回應。

「我不認為他們的目的是殺害市民。如果是那樣，敵軍就不會派登陸艦，而是派砲擊艦入侵了。可能是交換人質或要求贖金……但是最終目的不得而知。」

「既然這樣，就表示忽然遭受砲彈或飛彈攻擊的危險性不高。」

摩利預設鈴音的推測正確，分析目前狀況。

「應該吧。但如果目的是抓人質，這裡也很可能成為目標。」

語畢，鈴音轉身看向剪票口前方大廳聚集的民眾群。

「依照響子小姐剛才的說法，鶴見的援軍應該快到了。考量到行進路徑，順序應該是保護瑞穗碼頭聚集的市民，再以多餘的兵力掃蕩敵軍。」

「是的，我也這麼認為。」

鈴音點頭回應真由美的預測。

「如果敵軍的目的是擄獲人質的話，就會湧向防守薄弱的這裡嗎……那我——這樣好了，我去幫花音。」

「也對……雖說人數少，但另一邊有深雪學妹在。」

真由美也同意摩利提出的方針。

「是啊，那個傢伙的冷凍魔法，稱為戰術級也不為過。」

真由美與摩利相視而苦笑。大概是同樣抱持「兄妹倆都這麼誇張……」的想法。

「……不過摩利，別太逞強。妳不適合應付機械化部隊。」

「我明白。」

摩利小跑步離開。一旁待命的穗香看著她的背影，提心吊膽地詢問真由美。

「請問……我也應該去迎擊嗎？即使沒辦法當前鋒，我想至少可以當後援。」

穗香大概是絞盡勇氣說出這個提議，真由美對此露出笑容而搖頭回應。

「光井學妹得在直升機前來時幫忙。何況深雪學妹與音妹的職責不是迎擊，是警戒。我們不是專業的實戰魔法師，沒必要不惜危險戰鬥，也不應該戰鬥。反倒應該思考如何逃走。」

真由美惡作劇地拉高語尾，如此勸誡。

但深雪與艾莉卡絕對不會逃走吧。穗香抱持一半以上的確信。她以不安搖曳的眼神看向雫，好友眼中也蘊含相同的神色。

真由美說的「警戒組」——實際上是迎擊組——依照鈴音預測的侵略路線分成兩隊。抵達分

隊地點時，桐原忽然向紗耶香開口。

「壬生……妳還是退到後方吧。」

紗耶香對桐原這番話的想法，與其說是遺憾，更像是「事到如今還這麼說」。

「桐原，我也是劍士。我也有上戰場認真對決的心理準備。」

「免了！」

桐原聽到這個回應忽然激動起來。紗耶香不明就裡地瞪大眼睛愣住。

「壬生，不要隨口說出『認真對決』這種話！」

「……桐原？」

「桐原學長……你在生什麼氣？」

看著紗耶香與這幅光景的艾莉卡打從心底詫異地詢問，使得桐原稍微有了餘力自省。

「我……不希望鮮血弄髒壬生的劍。」

紗耶香對這番意外的話語感到驚訝，卻提出無須多說的反駁。

「可是……劍原本就……」

「這種事我知道！」

——還沒說完，就被桐原打斷。

「劍是和他人交戰的道具。和長槍或弓箭不同，是從一開始就為了砍人而打造的武器。所以用劍的人得抱持遲早染上人血的覺悟。這一點沒錯。」

桐原肯定紗耶香想說的話，並且進一步要否定這個「道理」。

「不過『劍道』不需要是使用真劍的技術吧？砍人技術衍生成運動項目也無妨吧？」

在桐原的激動情緒之下，紗耶香甚至是艾莉卡都默默聆聽他的話語。

「我……我國中時代看到壬生的劍，覺得好棒。揮劍的技術原來能如此洗鍊、如此美麗。沒有斬殺他人的凶氣，只為琢磨自己而存在的劍術……不對，是劍道。如此美麗的劍，我學不來。我從那時候就希望這傢伙的劍能維持這樣的美，希望以這樣的美精益求精。所以……啊，混帳，我沒辦法好好表達！」

「學長，我懂。」

桐原無法讓自己的想法順利化為言語而苦惱，艾莉卡投以不同於以往的聲音。

「香香在社團招生示範賽表演的劍，朝著『正確』的方向進步，但桐原學長不這麼認為。以劍的存在立場來說是正確的，以『劍道』的立場卻是錯的——不過我所知的劍比學長更偏重於砍人，所以當時沒這種想法。」

「小莉……」

不像艾莉卡風格的沉重語氣，使紗耶香擔心地搭話。桐原則是意外到發不出聲音。

「不過桐原學長，做決定的人是香香自己。」

艾莉卡強勁的目光，射穿桐原的雙眼。

「實戰確實和共同練武不一樣。桐原學長不希望香香的手與劍染血，這個願望也肯定沒錯。但香香不願意喜歡的人單獨遭遇危險，想和喜歡的人並肩作戰，這樣的想法同樣沒錯。」

紗耶香與桐原都臉紅了。肯定是「喜歡的人」這個詞令他們難為情。就算這樣，他們似乎也充分理解到現在不是遮羞或出言打岔的場面。

「……啊哈，我講得真不像我的作風。」

最後是艾莉卡自己無法承受害羞的情緒，但紗耶香與桐原都沒責備。

「電燈泡先告辭了。兩位好好商量該怎麼做吧。」

艾莉卡快步地離開。

紗耶香與桐原恢復鎮靜後，轉頭相視。

◇◇◇

敵方陣容並未那麼浩大，但第三高中的將輝與吉祥寺並沒有能夠俯瞰狀況的偵察手段，所以無從得知。

偽裝成大型貨船的登陸艦（應該說陸地兵力運輸艦）一艘，加上事先潛伏的游擊隊，就是侵略軍的所有兵力。本次軍事行動並非廣泛展開兵力，藉以建立持續進攻的灘頭堡。

「已經結束了……？」

不知道這點的將輝，之所以對攻擊斷絕的敵軍感到疑惑，絕對不只是因為他好戰。

「我們沒有得到情報的方式，不可能曉得是否這樣就結束。」

將輝的自言自語，從後方走來的吉祥寺得到答覆。

他的周圍只有吉祥寺。兩側沒有同伴，前方只有染血的屍體。

「所以要逃離就趁現在。」

將輝將泛著紅光的手槍造型ＣＡＤ收進懷裡轉身時，吉祥寺以正經表情說下去。

「輪胎換好了，將輝也快回巴士吧。」

聽到這番話的將輝環視身後，剛才迎擊敵人的學生們，也幾乎都聚集在巴士附近。

「走吧，最好儘可能立刻出發。」

吉祥寺出言催促。

但將輝搖頭回應。

「將輝？」

「我就這麼前往魔法協會分部。」

「太亂來了！」

吉祥寺睜大雙眼反對將輝這句話。

「到頭來，你這樣是為了什麼？」

將輝以莫名冰冷的表情，回應進逼過來的好友。

「為了加入援軍。協會魔法師不可能坐視這種狀況，肯定會組織義勇軍加入防衛戰。」

「就算這樣……！」

「因為我是『一条』。」

乾脆說出的話語，令吉祥寺倒抽一口氣。

「……難道你是在意剛才的事？大家也沒有惡意，只是不適應。並不是對將輝……」

「我並沒有在意那種事。」

將輝打斷吉祥寺的話語，搖了搖頭。

「因為我首度上戰場的時候也差點吐了出來。」

將輝露出苦笑，補充「但我沒有真的吐」這句話。

吉祥寺覺得，他的表情確實承認了孤獨。

「更何況，這次沒有充足的裝備或可靠的長官，毫無任何心理準備就得上戰場。這種初戰條件太差了。」

「沒錯！所以大家的態度不是故意的……」

「就說我不是在意那個了。」

將輝再度打斷拚命講藉口（將輝認為這是「講藉口」）的吉祥寺。

「我不能透露詳情，但十師族得對魔法協會負責。我身為一条家的長子，可不能置身事外地就這麼逃走。」

「既然這樣，我也要去！」

將輝輕輕拍了拍吉祥寺的肩膀，朝巴士的反方向離去。

吉祥寺絞盡力氣大喊，叫住他的背影。

「我是將輝的參謀。既然將輝要加入義勇軍，我也……」

「喬治帶大家平安逃離吧。」

將輝轉過頭，只以側臉向吉祥寺這麼說：

「這座城市依然是戰場，不曉得會發生什麼事。老實說，我擔心老師與學長姊們是否能夠平安逃離，沒辦法專心戰鬥。」

將輝說到這裡，便轉身背對吉祥寺。

「……將輝，我明白了。我會負起責任帶大家平安逃離。所以將輝也要平安回來。」

因為你是我唯一的「將領」——吉祥寺在心中追加這句話，接受了將輝的要求。

將輝就這麼背對吉祥寺，舉起單手回應這番話，獨自前往更激烈的戰場。

「來了。」

第一高中的「警戒」組之中，首先察覺敵軍接近的是幹比古。

順風灑出符咒喚醒的精靈，傳送敵方影像給他。

「直立戰車……和剛才的不一樣，動作很像人類。」

「像人類？」

不知為何戴著鼓膜保護用耳罩的艾莉卡，對幹比古這番話感到納悶（現在是稍微拿開，以免妨礙交談）。

直立戰車只是為了進入狹窄巷弄，而將移動砲塔往上延伸；為了易於通過階梯或瓦礫，而在粗短的雙腿加裝履帶，並不是開發作為戰鬥機器人。至少就艾莉卡所知，現在的軍事技術體系，還不足以打造出重現人類動作的戰鬥機器人。

「快看得到了……在那裡！」

但現在無暇思索現狀和常識的誤差。

隨著幹比古的聲音，直立戰車從大樓後方現身。

安裝履帶的粗短腿部、前後較長的軀體，這些和一般的直立戰車相同。

但其右手安裝電鋸，左手安裝火藥式打樁機，是一般直立戰車不會有的裝備。在災害現場清除障礙物的重機改造成人型，應該就是這種造型。而戰車右肩是榴彈砲，左肩是重機關槍。

「戰鬥機器人？」

如同己身幻想成真的錯覺，使得艾莉卡不由得驚叫。

旁邊的深雪以冰冷視線，注視外型暴戾的機動兵器。

直立戰車（？）一進入深雪的視線範圍，她就發動魔法。

真的是無須多言（但「無須多言」原本不是用在這種地方）。

三輛機體停下腳步。

履帶凍結而停止前進。

機身沒往前倒，或許顯示其平衡控制系統相當優秀。

但冰凍的不只是腳。

深雪的魔法沒這麼小家子氣。

凍結現象源自魔法的攻擊。軍事知識足以操作直立戰車的人，應該至少能立刻明白這一點。

而且無須講道理就能明白，使用魔法的是任憑風吹拂長髮，光明正大擋在他們前方的少女。

即使如此，機槍與榴彈砲都並未開火。

不單單只是凍結魔法，還同時施展了「凍火」——深雪的魔法不只束縛其行動，同時禁止了熱量增加。

雷歐看到槍砲被封鎖就往前衝。

這種迅速的反應，以及察覺勝機的敏銳嗅覺，真的是稱為野性也不為過。

他手上的武器是類似雙頭鎚的短棍。

全長約五十公分，握把約三十公分。

從鎚頭突出的尖端比握把寬很多，長約十公分。長寬比例或許接近拉丁十字架。

鎚頭部位響起馬達驅動聲，短棍尖端吐出黑色薄膜。

薄到極致，漆黑透亮的膜。

馬達聲停止之後，這層膜成為兩公尺長的筆直刀刃。

完全的平面，從側邊無法確認存在的極薄刀刃。

這正是千葉一門的祕劍「薄翼蜻蜓」。

以硬化魔法固定為全平面，由奈米碳管製成的薄片刀身。

「薄翼蜻蜓」是術式名稱，同時是這把特殊武裝演算裝置的名稱。

雷歐揮動右手的薄翼蜻蜓。

奈米碳管編織為厚度十億分之五公尺的極致薄膜，成為比任何刀劍或剃刀更銳利的刀刃，輕

前方裝甲被斜向砍開。

刀痕細得看不出被砍過。

血紅液體滲出細縫滴落。

這是雷歐經過短暫卻緊湊的修行所習得，用來「殺人」的王牌威力。

雷歐迅速向後跳，直立戰車的機體像是追著他一般而倒在路面。

艾莉卡起跑時的反應比雷歐慢半拍，但她解決獵物的速度可能比較快。

她迅速戴好耳罩之後，抓著直直抱在左手的大蛇丸刀柄，準備拔刀。

左手從刀鞘移動到刀柄的同時，刀鞘從刀背部位對開，露出長大的刀身。

艾莉卡維持手心位置，以右手食指按下刀鍔下方的按鍵。

將全長一八〇公分的武器，像是扛在肩上般拿起來。

此時，魔法已經發動。

重十公斤的大太刀被輕鬆舉起。

緊接著艾莉卡消失了。

至少就旁邊的深雪看來，她像是消失了。

破碎聲轟然作響。

如同舊式廢鐵工廠會發出的，金屬變形破裂的聲音。

艾莉卡維持著將大太刀往下直劈到地面的姿勢。

鈍重的切面筆直劈開前方裝甲，直立戰車如同遭受重擊般倒下。

連同機油沾上刀身的紅色液體，無疑是駕駛員的鮮血。

加重系慣性控制魔法——「山怒濤」。將己身與刀的慣性減低到極限，藉以高速接近對手，在交鋒瞬間將至今消除的慣性疊加，提升刀身慣性砍向對方的祕劍。這股偽造的慣性質量和助跑距離成正比，最高可達十噸。

消除慣性得到的速度，加上增加慣性得到的重量。

山怒濤的最強威力，等同於十噸重的巨大斷頭臺刀刃從高空落下。

現階段恐怕沒有任何裝甲能抵擋這種威力。

能抓準時間，從消除慣性切換為增幅慣性的判斷力。

能在消除慣性的不穩定狀態衝刺的步法，以及不讓刀路偏移的用刀技術。

最重要的，是不輸給無慣性狀態速度的知覺速度與運動細胞。

這些是使用山怒濤的必備條件。

艾莉卡先天的「速度」加上後天被迫用來修煉這招的歲月，才首度得以施展本劍技。

艾莉卡看向下一個獵物。

雷歐已經進逼到下一個獵物面前。

山怒濤發動。

剎那之後，解除薄翼蜻蜓的雷歐摀住雙耳，蹲在粉碎的直立戰車前方。

兵分兩路的「警戒」組（實際上是「迎擊」組）另一隊，也和直立戰車開戰。

五十里預先在這裡的地下三公尺地層，製作了一個護壁阻絕振動，讓花音可以使用以地面為媒介的魔法。

而且五十里架設在地底的「陣」，還具備地面搜敵功用。在固體表面或內部，以想子線編織出能夠輔助魔法發動的圖樣——也就是魔法陣。刻印魔法權威家系五十里家的英才——五十里啟擅長的這種技術，和幹比古使用的古式魔法咒法陣相似到不可思議的地步。這或許顯示無論是現代魔法或古式魔法，到最後依然屬於「魔法」的一種。

既然這樣，就某種層面來說，兩人當然會擔起相同的職責。

「來了。」

五十里說完，花音就展開啟動式。即使有五十里輔助，但現在無法確認地底的狀況，所以不能使用太強力的振動魔法。

兩輛形狀特異的直立戰車現身。

花音對兵器種類不熟，看到這樣的造型也不驚訝。

沒受到無謂的思維束縛，施展預定的魔法。

水泥路面粉碎化為細沙，細微振動的地面滲水形成水塘。

直立戰車的總高度矮了一個頭，腳陷入地面。

履帶是用來把砂地或溼地當成平地行進的裝備。但是，化為細沙的液狀路面，輕易地吞噬了小型履帶。

千代田家的魔法「地雷原」的變化型之一——「振動地雷」。

效果正如現在場中所示。

液化地面，阻擋敵方行進的魔法。

發出吼聲撥掉泥水的履帶，立刻卡住沙土而停止。水分不知何時消失，液化路面就這麼包裹直立戰車的腳凝固。花音將地面液化之後，進一步振動水分子使其蒸發。

「振動地雷」的魔法，包含捕獲步驟的這一連串過程。即使成分和舊世紀多少不同，鋪設路面的基本材料依然是水泥，但這個魔法並非重現水合反應，只和含水的沙子後硬化的狀態相同。因此即使說捕獲，其實只是暫時牽制。但就算是片刻，在對手面前無法移動就等同於致命。

直立戰車進退不得時，壽和與桐原從兩側現身。

壽和從空中襲擊。

直立戰車的駕駛員無法反應他的速度。

壽和像是隼一樣高速俯衝，順勢深深砍入駕駛座。

祕劍──「斬鐵」。將刀定義為「刀」這種單一概念，依循魔法式所設定的刀路而動的移動系統魔法──但武器是這把「雷丸」的話就不只如此。

以雷丸發動「斬鐵」的時候，不只是刀，連劍士也包含在魔法作用的對象。和刀一起定義為單一概念後，定義出「揮刀劍士」的集合概念，因而可以進行毫無誤差的高速襲擊或揮砍。

自己的身體在揮刀時是如何動作？經過幾千、幾萬、幾十萬次的空揮練習與套路訓練，將出刀動作植入全身，才得以使出這一招。

世人評定千葉家長子的天分不如弟弟。

事實上，壽和也認為修次是天才，自己並不是。

但因為不是天才，他暗自反覆憨直地練習套路，才習得了雷丸的斬鐵「迅雷斬鐵」。

由於「迅雷斬鐵」是套路精熟至巔峰的招式，壽和使用時只能依照套路進攻。因此他不能讓他人看到練習的樣子。許多人因為這樣而誤以為他個性懶散，但他其實付出無盡的努力，才學會了這種祕劍。

控制臺被砍成兩半的直立戰車，完全停止了動作。

桐原蹬地衝過去，直立戰車的上半身轉過來面向他。

距離刀的攻擊間距還有一步。

機槍槍口對準桐原，卻沒能射出子彈。

從桐原身後射來的小太刀命中機槍，從直立戰車的肩膀拆下。

站在桐原斜後方的紗耶香，射出另一把小太刀。

榴彈砲同樣被拆下。

兩把小太刀描繪拋物線，回到紗耶香手中。

這是擲劍術。

紗耶香在學校加入劍道社，但她的父親是以劍術參與實戰的魔法師，所以她在家裡也接受劍術課程。其中她最擅長的就是擲劍術。不是投擲飛鏢或飛刀，而是小太刀或短刀的技巧。

紗耶香是女性，刀劍交鋒的臂力實在不如人。例如桐原擅長的高頻刃，同樣是以臂力揮劍。若要以魔法控制劍招，以她的魔法技術也很難練成。但如果是擲劍術，只要配合投擲動作發動魔法就和臂力無關。她就是基於這種想法勤於修煉、累積巧思習得這個魔法。

投擲之後的空檔過長，所以無法用在動作迅速的對手。但是應付本次這種巨大笨重的對手，就能發揮最好的效果。

看見槍砲損毀的桐原踏出最後一步。

巨大電鋸從頭上揮下來。

但他已看穿攻擊軌道。

桐原的身體自然地側移，揮刀砍斷直立戰車的左腳。

高頻刃——

他最擅長的這個魔法，輕易砍裂以地雷或反戰車步槍為假想敵的裝甲板。車體如同壓過來般倒下。

桐原一邊後退，一邊將打樁機連根砍下，繞到側面將刀插入駕駛座。刺穿骨肉的觸感傳到手中。桐原微微扭曲表情，抽回刀刃大幅往後跳，和翻覆的直立戰車保持距離。

他展露的表情絕非笑容。

◇◇◇

翻找裝甲車殘骸的達也，挖出一個約三十公分見方的小箱子。

「是這個嗎？」

他以鏡頭對著箱子詢問。

『對，就是那個。對準分析器……嗯，看來沒錯。』

鏡頭附設的螢幕傳來回應。

『那就是魔法增幅器。』

「看起來只是普通箱子。」

『連結與操作百分之百都是由咒術回路進行，所以沒有機械類的端子。』

箱子表面除了設置有把手部位，其他部分一片平坦。達也看著箱子疑惑地蹙眉，螢幕裡的真田則是如此說明。

「裝甲車的反物質防禦魔法，以這個裝置增幅過？」

『正是如此。雖然只是推測，但應該沒錯。』

柳這番詢問語氣的推測，真田也表達認同之意。

「這樣就釐清敵方真實身分了。不過打從一開始也沒有其他可能性。」

『要當成證據有點薄弱，但我們不是警察也不是審判官。不過，即使查出真相，我們的應對方式也不會改變。』

螢幕兩側的兩名上尉，彼此發出黑心的笑聲。

真不想變成這樣……達也抱持這種為時已晚的想法，詢問下一個指示。

「那麼，要擊沉大亞聯盟的偽裝戰鬥艦嗎？」

『在港內擊沉不太妙。這樣對港灣功能影響過大。』

達也當然知道這種事，擊沉只不過是玩笑話而已。但真田的回應正經到超乎想像，使達也有點過意不去。

「那就攻堅鎮壓？」

柳詢問推開真田入鏡的風間。

這時達也心想，感覺好像確定要以這樣的少數精銳進攻敵艦了。如今他才回想起來，這些朋友（現在是長官們）是不能開玩笑的人種。應該說，一般只是開玩笑的胡來行徑，他們會習以為常地付諸實行。

『這部分晚點再說。車站廣場有老百姓在安排直升機過去載避難的民眾逃離。鶴見的先發部隊過去接棒監視之後，你們就前往車站協助避難。』

「收到。」

達也和身旁的柳同樣敬禮致意，並且在內心佩服這個老百姓真有勇氣。

雖說是自己逃離時順便這麼做，不過願意帶著來不及逃生的市民一起走，達也覺得這種態度值得稱讚。

『此外，叫直升機的老百姓是七草真由美與北山雫。如果這兩人提出任何要求，請各位不遺餘力徹底協助。』

熟到不能再熟的姓名傳入耳中，使達也不由得差點咳出聲。

◇◇◇

幾乎在同一時刻，其他地方也同樣推測出敵方真實身分。

艾莉卡摧毀的殘骸不留原形，所以深雪、艾莉卡、雷歐與幹比古四人，聚集在除了雷歐砍裂駕駛座以外，幾乎完好無傷的機體前面。是幹比古召集另外三人前來的。

「這輛直立戰車，我覺得並非只以機械方式操作行動。」

「換句話說，驅動時併用了某種法術？」

「對，正是如此。」

深雪對男學生使用客氣的語氣，並不算是什麼特別的事情（並非總是如此，對同一個人也會依照狀況改變）。

不曉得是否為了配合對方，幹比古實在無法對深雪使用大而化之的語氣（幹比古不會依照狀況，而是總是如此）。

「這三輛戰車的手腳動作莫名像人類。直立戰車的軀體是駕駛座，和人類構造相差太多，想將人類動作模仿得惟妙惟肖也不可能。而且過度模仿人類動作，反而會浪費動力才對。」

「即使如此，這些玩意兒卻『過度地』試圖重現人類動作，是嗎？」

幹比古毫不迷惘地點頭回應雷歐的詢問。

「不只是以活塞、齒輪或管線傳導動力，我認為肯定是有某種力量，直接讓機體的手腳模仿人類的動作。」

「換句話說是魔法的力量？究竟是哪種魔法？」

幹比古流暢地答覆艾莉卡的詢問。

「大概是剪紙成兵術的應用。」

「剪紙成兵術？」

陌生的術式名稱，使艾莉卡微微歪過腦袋。

「是陰陽道系統的傀儡術式？記得原本是道家的法術。」

深雪代為回應，幹比古以難掩佩服的表情點頭。

「是的。將紙剪成人形，注入雜靈成兵的法術，就是剪紙成兵術。」

這番話後半部是對艾莉卡解說。

「總歸來說，對方是大亞聯盟？」

但艾莉卡將術式系統的解說輕鬆帶過，切入敵方的真實身分。

「這樣下定論也太早了吧？既然是陰陽道系統的術式，敵方也可能是賣國賊。」

「不，我認為艾莉卡的推測十之八九沒錯。」

雷歐提出不像他作風（？）的慎重論點，但幹比古搖頭支持艾莉卡的意見。

「聽起來可能很奇妙，但古式魔法也有流行趨勢……即使重視傳統，依然有些技術在不同時代盛行或廢棄。最近這十幾年，國內的古式魔法無論哪種系統，都不再使用具備實體的式神。也就是說，剪紙成兵術是這個國家廢棄的法術。如果要讓直立戰車的手臂使用電鋸或打樁機，比這更有效率的魔法要多少有多少。例如，我會直接對樁子或鋸子本身施法。我們古式術士沒有那麼食古不化，明知繁瑣還刻意使用廢棄的技術。」

「我們並沒有認為誰很頑固。」

幹比古似乎有點賭氣——感覺過度意識。雷歐以略微不敢領教的表情揮手搖頭。

「總歸來說，操作直立戰車的是大亞聯盟的魔法師吧？我能理解也能接受。」

「啊，沒有啦，總之……就是這麼回事。」

幹比古似乎也自覺語氣有點像是亂發脾氣，難為情地支支吾吾。

但他立刻繃緊表情，說出另外三人意料之外的話語。

「啊？想找柴田學妹過去？」

語音通訊元件的聽筒傳來的要求，使得真由美不禁大聲回問。

「……這樣啊。嗯，我認為有道理就是了……嗯，我知道了。但我姑且要徵詢一下當事人的意願……也對，直接說明比較好。柴田學妹。」

真由美將終端機拿開臉頰，遞向美月。

「請問……是什麼事……？」

「深雪學妹他們說想請柴田學妹過去。他們會直接說明理由，請妳聽過再做決定。」

真由美和美月沒什麼交集。真由美以頗為制式的語氣遞出語音元件，美月會以提心吊膽……更正，應該說心驚膽跳的心情接過來，這也是在所難免。

『啊，柴田同學？』

「吉田同學？」

美月得知通話對象是幹比古之後，露出稍微鬆一口氣的表情。

畢竟如果是艾莉卡，不知道她什麼時候會說出驚爆發言。而且她現在和深雪講話時，依然偶爾會莫名緊張。

就算這樣，為什麼對方是幹比古就會放心——美月還沒自覺箇中原因。

『我們想請柴田同學協助。』

另一方面，幹比古的語氣似乎有些焦急——不對，或許是激動。

「啊？協助？」

『敵人是以「剪紙成兵術」這種古式魔法術式操作機甲兵器，性質和我的魔法不同，所以我沒辦法順利掌握敵方術式。但如果是柴田同學的「眼睛」，應該能比我更快找出持續施展魔法的敵方動向，及發現敵人魔法的核心。只要找到核心，我就能以魔法癱瘓敵方的剪紙成兵術。所以我們想請柴田同學過來。這裡當然比妳那邊危險，但我絕對不會讓妳受傷。』

「──！」

語塞的美月，臉蛋變得紅通通。

她當然也明白這番話沒有其他含義。

不過──

『美月，太好了。吉田同學允諾要保護妳耶。』

『──！』

「──！」

深雪介入通訊的這番話，使得兩人語塞的氣息經過電波傳達給彼此。

甚至能在心中描繪對方臉色的酥癢沉默，令時間停了下來。

『……當然不只是吉田同學，我們也會儘可能協助。』

靜止的時間，以深雪裝傻的幫腔恢復運作。

旁聽通訊內容的真由美在心中低語：「深雪學妹果然有嗜虐屬性……」

『沒……沒錯！我們所有人都會協助防衛！』

幹比古基於各種意義拚命訴求，美月對此點頭回應。

「明白了，我現在過去。」

美月拿開通訊終端裝置，「呼……」一聲嘆出長長一口氣。之後，美月將終端裝置還給真由美並行禮致意，小跑步趕往幹比古他們布陣的「前線」。

【12】

當地時間下午四點三十分，戰況早早出現逆轉徵兆。

或許侵略軍原本也不打算長時間戰鬥，入侵艦艇只有一艘偽裝成大型貨船的登陸艦，和事先潛伏的戰鬥人員也不算密切合作。剛開始的襲擊目標之一——全國高中生魔法學論文競賽會場，也因為沒有後續兵力支援，最後只造成部分建築物損壞。

即使如此，如果只要應付警力，這樣的兵力依然可以占據主要設施並綁架許多市民，但是魔法協會迅速組織義勇軍抵抗，是侵略軍的一大失算。

當然，國防軍迅速的應對速度亦幫上了忙。動員不到一小時就投入大隊規模的援軍，成為避難市民的保護傘。

敵人沒多久就撤退，部隊改為進行殲滅戰以恢復治安。狀況改善到市民也無須逃離。

不過，置身於戰場中心的少年少女們無從得知。

「黑澤小姐？……嗯，對……不，謝謝。」

不知為何在和自家（北山家）管家對話的雫，拿開通訊元件的同一時間，便聽到了直升機的螺旋槳隆隆作響的聲音。

「七草學姊，我家公司的直升機也快到了。」

面有難色地注視情報終端裝置的真由美，聽到雫的報告之後，抬頭強顏歡笑。

「我明白了。請北山學妹優先收容女性與帶小孩的家庭離開。麻煩稻垣先生搭同一架直升機協助北山學妹。此外稻垣先生，可以請您幫忙引導先避難的民眾與其他民眾集合成一區嗎？我與市原會幫忙。光井學妹請協助警戒周邊。」

真由美俐落地下達指示之後暗自嘆息。延後避難的市民當然會有所不滿。光是由未成年學生掌握主導權的現狀，就有不少人抱持情緒上的反彈。目前沒人因為無法立刻上直升機而害怕到鬧事，但後續直升機來得越慢，肯定更加提升緊張感。

其實最理想的狀況是兩架同時抵達，但也不可能通知先到的直升機暫時在空中待命。

（到底在拖什麼啦，真是的！）

橫濱事變
概略圖
3

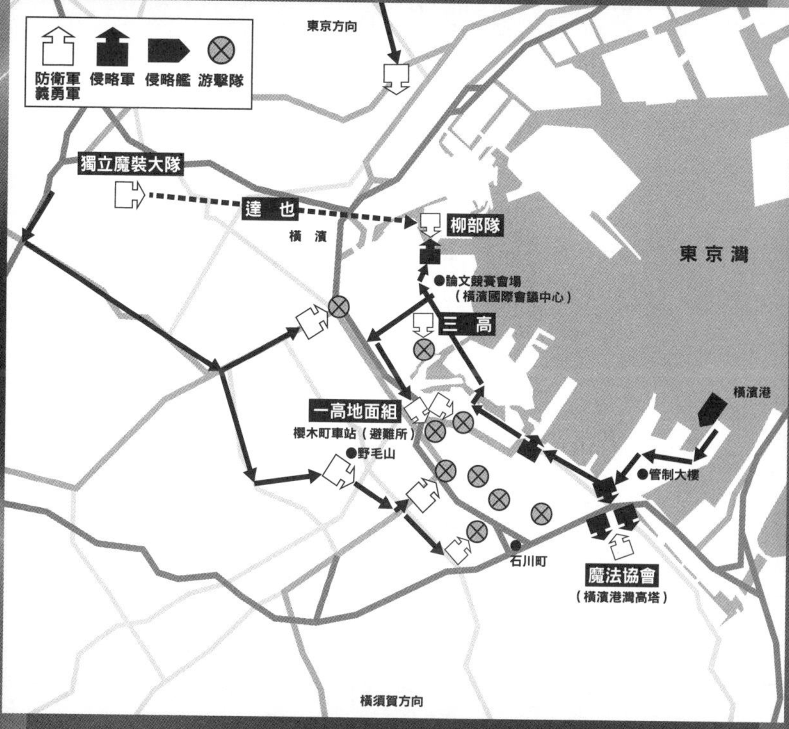

西元2095年10月30日
下午4點30分現狀

真由美得先費心壓抑自己的煩躁情緒。

侵略軍的總指揮官面對逐漸惡化的戰況，藏不住嚴峻的表情。本次作戰是單艦登陸敵國，基於其作戰性質，成功條件是趁敵方建立應戰態勢之前達成目的而撤退。為此擬定的計畫，在第一階段很順利。

雖說敵軍應對速度很快，還是在預料範圍。但民兵的抵抗強到超乎他們預料。原本應該已經要進入撤退階段，民眾的抵抗卻相當棘手，導致敵方在這段時間逐漸完成包圍迎擊網。

沿岸北上的路線，已被來自鶴見的部隊鎮壓，如今不可能抓搭船避難的民眾當人質。

「無人偵察機，全機失聯。」

總指揮官不再顧慮會被部下聽到而發出咂嘴聲。最後一架無人偵察機似乎被擊墜了。這麼一來，非得就已知情報的範圍指揮部隊。總指揮官在心中咒罵躲在敵陣後方卻不連絡的陳祥山，命令北上部隊轉向。

轉往內陸方向——等待直升機抵達的車站廣場。

◇◇◇

在十字路口轉彎的輪式裝甲車，失去抓地力朝側邊打滑旋轉。

五十里的「伸地迷宮」戰勝了車身上頭所施加的反彈術式而作用，使得裝甲車輪胎空轉，撞倒路燈後停止。

「花音！」

「交給我！」

將迎擊地點往前推之後，不用再顧慮會影響到在地下避難的學生。因此花音發動千代田家的代名詞——「地雷原」。

將裝甲車從正下方往上頂的激烈震動，如同在嘲笑各車輪加裝的避震器，傳入車體內部導致各處震毀。裝甲車在外型完好的狀況從內部損壞，駕駛員腦部與三半規管震盪到無法行動。

大型機槍彈掏挖兩人藏身的大樓牆壁。是後續裝甲車的槍擊。

五十里將尖叫的花音抱在懷裡保護，沿著牆面構築反轉向量的立場。

暴露在反彈而來的槍彈之下的裝甲車，暫時停下了攻擊。躲在另一邊的摩利趁機發動降低氧氣濃度的魔法。不過裝甲車似乎是防生化武器規格，氣密處理的車內空氣難以改變組態，她的魔法以失敗收場。

摩利咂著嘴解除氧氣濃度情報的干涉程序，朝榴彈砲的砲口注入加熱空氣。正要裝填到發射器準備擊發的榴彈，波及旁邊的機槍而爆炸。

裝甲車失去攻擊力，桐原從上方發動攻勢。

武器貫穿裝甲。

高頻刃插入駕駛座。

後方艙門開啟，出現握著手槍的士兵。

一根短箭高速射來。

右肩被十字弓箭射穿的兵士，遭桐原的刀割喉而死。

「壬生，妳沒事吧？」

桐原回到掩蔽物後方，關心地詢問紗耶香。

士兵以手槍瞄準桐原的時候，就是紗耶香射穿對方肩膀。紗耶香表示「無論如何都想陪伴在身旁」，（光是這句話就快被攻陷的）桐原提出的條件是「不能以劍技殺人」。只能對人類以外的目標用劍攻擊，為求自保非得攻擊人的時候絕對不用劍。因此紗耶香除了小太刀，還帶著小型機械十字弓造型的武裝演算裝置。

「不要緊。這裡畢竟是戰場，我早有覺悟。」

紗耶香臉色蒼白，卻依然剛強地回應。

地面再度大幅晃動。

這次是花音朝後續的直立戰車發動魔法。

敵機迅速後退，減少受創程度。

敵軍從後排發射榴彈，眾人不得已退到掩蔽物後方。

增強兵力的敵方陣容，將花音他們牽制於此處。

深雪的干涉力，不允許敵方魔法的存在。

即使經過增幅器強化也一樣。

「薄翼蜻蜓」攻向凍結的裝甲車。

收納於鎚頭型捲動機的奈米碳管極致薄膜，全長為二十公尺。換句話說，雷歐手上的是最長達到二十公尺，伸縮自如的刀刃。

長度越長，將薄膜化為刀刃的硬化魔法難度理應越高，但雷歐輕易打造出十公尺長的刀刃，水平砍斷裝甲車。

「從右邊來了！核心的位置一樣！」

美月預先發現敵方直立戰車從側邊繞過來，幹比古施展破咒的術式。

敵機像是撞上無形牆壁般，雙手無力下垂。

此時，艾莉卡以迅雷不及掩耳的速度砍過去。

是山怒濤。

大蛇丸的長大刀身，擊潰兩倍高的機械兵。

在深雪與幹比古的掩護射擊之下，雷歐與艾莉卡這對搭檔，接連擊破敵方戰鬥車。

「美月。」

戰鬥告一段落，鬆口氣的美月忽然被叫到而轉身。深雪向她詢問另一支分隊的動向。

「千代田學姊他們那邊，就妳所見是何種狀況？」

深雪不曉得摩利前去支援，美月也還沒說（她精神上沒有這種餘力）。

「那個……地點似乎沒變。現在依然交戰中。」

高年級組的迎擊位置比她們前面一點。兩隊配置於通往車站的兩大交通要衝。

「深雪，怎麼了？這時候還在想事情？」

美月這番話使深雪眉頭深鎖，扛著大蛇丸的艾莉卡詢問原因。

「妳不覺得奇怪嗎？敵人為什麼刻意來我們等候的這裡？」

深雪的回應也令艾莉卡皺眉。

「不是因為非得通過我們所在的這裡，才能前往車站？」

高年級組與一年級組布陣的據點，是鈴音看地圖推算的位置。

但深雪無法接受美月的回答。

「美月，妳這番推論的前提，是對方必須走寬敞的道路。敵人至少具備通訊裝置，而且我們這邊只有十人，對方應該能從我們不在的地方穿過防線才是。」

「……或許是牽制。」

艾莉卡這番話，使得美月露出恍然大悟的表情。

「來了！」

但是幹比古通知新的敵人來襲，使得她們的推理被迫中斷。

◇　◇　◇

黑澤駕駛的雙螺旋槳運輸直升機——這位管家不只是遊艇，居然還會開直升機——出現在上空，逐漸要下降著陸時，狀況發生了。

忽然有一陣烏雲飄來。唐突出現，只能形容為「從空氣裡冒出來」的這陣雲朵，是不合時節的大群蝗蟲。

雖說只是蝗蟲，要是飛入引擎吸氣口會很棘手。

何況以這種不自然的方式出現的東西，不像是大自然的生物。

前來迎接直升機的雫，基於剎那的判斷，從腰包取出ＣＡＤ。

那是一把外型如同手槍的銀色ＣＡＤ。

是她在九校戰結束後就購買，作為備用機的銀式。

裡面安裝的啟動式，是循環演算的「聲子邁射」。

雫朝空中扣下扳機。

聲音的熱線驅除蝗蟲群。

「數量好多……！」

蝗蟲群不是燒焦，而是焚燒殆盡般消失。但這只是形成烏雲的莫大群體一角。雫接連發動聲子邁射，射殺靠近直升機的蝗蟲，但蝗蟲群繞圈進逼直升機。

穗香也發現了這個狀況，但她的魔法卻不適合迎擊這種敵人。她擔心和雫的魔法發生相剋的狀況，所以無法出手。

蝗蟲群看似即將貼在整架直升機上。

此時，吹起一陣毀滅之風。

形成烏雲的大群蝗蟲，如同幻影般失去輪廓、淡化色彩而消失。

雫與穗香仰望空中。

晚一步察覺異狀的真由美與鈴音，也同樣看向天空。

一個全身漆黑的人影，架著銀色ＣＡＤ浮在空中。

「達也同學……？」

如此低語的不曉得是雫還是穗香。

同樣身穿全黑裝備的集團飛來，像是保護直升機般布陣。

運輸直升機再度開始降落。

「已擊退合成體之攻擊。接下來將保護直升機降落。」

『護衛交給其他人，特尉前去搜索並除掉術士。』

「收到。」

達也接到柳的指示之後凝神「注視」，尋找製作使魔的術士。

迎擊時，他並非分解各蝗蟲的個體。

他的分解魔法，鎖定製作蝗蟲合成體的魔法式。

構築臨時身體的術式分解之後，以蝗蟲為形的合成體就恢復為想子粒子。

達也在這段程序，就掌握到了魔法式的出處。從現在距離與經過時間推算，維持飛行魔法也足以追蹤。

（是那裡嗎？）

其實也可以直接除掉，但直接視認較容易施展魔法。

達也移動到逃走的術士的正上方。

◇　◇　◇

手持銀色大型手槍（造型之ＣＡＤ）的全黑士兵，以流星般的速度飛向大樓另一方。

架著步槍的隊友在空中圍成一圈，直升機在圈內降落至廣場。

全身漆黑，連臉都看不見的飛行兵，醞釀出某種肅殺氣息。

但穗香、雫、真由美與鈴音都沒有擔憂。

「他們是誰？」

稻垣覺得毛骨悚然般地詢問。

「自己人。」

真由美只有面帶微笑地簡短回應。

他們是國防軍的一支部隊。是達也的夥伴，也是藤林的夥伴。

真由美知道的僅止於此，但光是這樣就足夠了。

市民搭乘直升機的時候，他們也在空中持續警戒。

已經持續飛行十分鐘以上。

飛行這麼久，也完全感覺不到精力消耗。

所有人肯定都是高階魔法師。

真由美聽說過。

國防陸軍召集在特定領域突出、個性強烈的魔法師，組織成實驗部隊。

只看各自的魔法師等級，似乎沒有什麼大不了；但一旦面臨實戰，卻能發揮強大攻擊力的實戰魔法師集團。

仔細想想，這樣的條件和「他」完全一致。

「是非常可靠的援軍。」

真由美看著即將完成搭乘程序的直升機，如此補充說道。

載著雫與稻垣的直升機平安起飛，警戒周邊的獨立魔裝大隊飛行步兵隊，目視直升機高度足以遠離地面狙擊之後，朝周圍大樓散開。

留下來的市民洋溢著安心情緒。雖然留下些許真相不明的詭異感，但國防軍正負責周圍的警戒。即使市民認為「比起只由未成年學生主導的狀態安心許多」，也不能批判他們。

「終於來了……」

多虧了援軍而不用擔心現場陷入恐慌，但市民迫切地希望避難。想盡快逃離這股壓力的真由美，引頸期盼著宣告直升機抵達的螺旋槳聲響起。「終於來了」應該是她毫不虛假的感想。

抵達的是軍用雙螺旋槳直升機。

比雫安排的直升機還大一輪。

這麼一來，剩下的市民應該都能順利搭乘。

何況前來的直升機不只一架。

還有一架戰鬥直升機陪同前來。

『真由美大小姐，您平安無事吧？』

真由美將通訊元件按在耳際回應呼叫，隨即收到自己的隨扈——名倉的聲音。

「沒問題。名倉先生您在哪裡？」

『我在戰鬥直升機上。老爺吩咐，請大小姐也以這架直升機離開現場。』

「——我明白了。」

真由美沒將「我要留下來」說出口，而且放棄了。很遺憾，名倉在近戰方面比她技高一籌。就算這樣，她也不能攻擊前來救援的直升機。就各種層面來說，違抗命令都沒有意義。

「總之盡快收容市民吧。」

真由美結束通訊，對鈴音這麼說。

鈴音轉身回應她。

狀況在這時候發生。

「不准動！」

一名年輕男性從後方伸手勒住鈴音的頸子，另一隻手持刀抵住她。步槍從大樓上方瞄準，但另一名男性走向前，伸出握著手榴彈的手。

「……原來如此，一切都是為此的布局。」

靜靜低語的，是被刀子抵住的當事人鈴音。

「妳真聰明。」

偽裝成避難市民的游擊兵，即使覺得鈴音沉著的樣子不對勁，依然同意她的說法。

「以機動部隊將戰力引到前方，儘可能減少等待逃離的人數之後便逮捕目標。還真是相當用心的作戰。」

「我們並非打算一開始就放大家逃走，只是將作戰擬定成即使逃走也無妨。」

鈴音如同毫無危機感的話語，似乎引男性上鉤。

「把我定為下手目標，是為了穩定能源供給？」

「不只如此。本次作戰之前，我們有許多同志被捕。妳得成為釋放同志用的人質。」

「光靠我一個人沒什麼份量。」

「這妳就錯了——我說過不准動！」

真由美把手放在身後，試圖暗中操作ＣＡＤ。男性犀利朝她一瞥，以刀子反光示意。

真由美打消念頭，舉起雙手。

「只要妳成為人質的話，七草家就不會置之不理。比起抓女兒當人質，抓女兒的朋友當人質比較有效。」

「的確如此。因為真由美是個天真的人。」

為什麼我得承受責難的目光？真由美覺得不講理，卻也無法出手。這恐怕就是她被稱為「天真」的部分，但是至少被擄為人質的當事人沒資格責難吧？

「接下來要把我綁架回國？」

「沒錯。」

「但是這樣不就沒辦法交換人質了？」

「這……妳做了什麼？」

男性總算察覺自己太多話了。不對，即使手中有人質，他也無法相信自己居然在敵陣正中央悠哉地聊了這麼久。

「這個作戰不差。」

鈴音伸手輕輕撥開面前的刀子。

「但你們挑錯目標了。」

輕易地移開勒住頸子的手臂。

「我以CAD使用的魔法很平凡，但如果是不以媒介而施展出來的魔法，可是更勝於真由美或十文字喔。」

鈴音繞到手持手榴彈的男性面前，從他手中緩緩取出手榴彈。

「我麻痺了掌管隨意肌的運動中樞。你們暫時無法自由行動。」

如鈴音所說，男性們即使冒出冷汗再怎麼想動，手腳也做不出有意義的動作。

「這是直接干涉人體的魔法。過去曾經禁止使用的魔法種類。至於禁止的原因，應該是因為這種魔法基於性質，是人體實驗不可或缺的要素。」

聆聽鈴音話語的男性們，努力想取回身體的自由，但他們甚至無法亂動掙扎。

「缺點就是要一段時間才生效，多虧你是一位健談的人。啊，話說在前面，你口風不緊和魔法無關。只是因為你太輕率罷了。」

鈴音說著，臉上露出冰冷的笑容。

◇　◇　◇

魔法協會分部這邊的敵軍攻勢，更是越發激烈。原因是侵略軍察覺攻勢將近極限，所以決定展開決戰。

克人在協會分部聆聽接連收到的報告。

國防軍從櫻木町與關內方向展開反擊。至於石川町的中華街區域，則是主要由魔法協會組成的義勇軍，處於勉強鞏固戰線的狀況。

「——有預備的戰鬥服嗎？」

克人的詢問，使得女職員睜大眼睛大喊。

「難道您想親自出馬？不可以這樣！」

「有預備的戰鬥服吧？」

但克人像是叮囑般再度詢問，這名職員懾於壓力點頭。

「可是，十文字家的長子要……」

「請帶路。」

克人打斷對方遲疑的話語。

女職員動作僵硬地站起了身子。

◇◇◇

十師族直系的另一人，在中華街前方加入義勇軍。他讓深紅花朵綻放著，獨自一人穿越敵軍出沒的戰場，和正在對抗侵略軍的集團會合。

身上的防護裝，是傷者轉讓給他的。

將輝躲在掩蔽物後方，左手緊握泛著紅色光澤的ＣＡＤ，大口喘著氣。

連續使用「爆裂」，造成自身精力大幅消耗。再加上敵方從機甲兵器切換為魔法攻擊，使疲勞累積速度倍增。

鬼魂組隊進逼而來。這裡的鬼魂既非比喻亦非「實物」，而是古式魔法創造的幻影。

將輝不是使用改以左手緊握的特化型ＣＡＤ，而是操作套在左手腕的泛用型ＣＡＤ。釋放干涉力。

鬼魂群化為幻影消失，只剩下一具木偶傀儡。

必須將大幅橫向擴張的鬼魂隊列包覆起來施展的領域干涉，嚴重削減將輝的體力。

他的「爆裂」是將目標物內部的液體氣化的魔法。要是目標物內部沒有液體的話，就不會發揮任何效果。

敵軍的應變速度相當快。看到一隊直立戰車被「爆裂」摧毀之後，就立刻以虛假的鬼魂編隊投入戰場。

面對古式魔法所創造的不具實體的幻影，「爆裂」不具意義。

而且幻影即使沒有實體，也擁有攻擊力。

大概是和催眠術的道理相同。

被幻影砍中的人，會冒出紅色疤痕而喪命。

魔法師身上的情報強化可以讓虛假的劍招無效，但不是魔法師的義勇軍無從防禦。

在民兵之中戰鬥的將輝，在擅長的魔法遭到封鎖的狀態，一邊應付幻影的攻擊，一邊拚命尋找敵方魔法師的所在處。

◇ ◇ ◇

運輸直升機已收容所有市民。

「鈴妹，拜託了。」

「真由美，也請妳不要太勉強。」

直升機起飛。

黑色士兵跟著直升機升空，鞏固周圍的防守。飛行兵確認直升機上升到安全高度之後，就飛向海岸而去。

「我們也走吧。接深雪學妹與摩利他們之後就離開這裡。」

「——遵命。」

真由美指示之後，名倉似乎想說些什麼，但最後還是恭敬地點頭，回到副駕駛座。

戰鬥直升機載著真由美與穗香起飛。

途中，真由美發現一名士兵站在大樓樓頂目送她。

士兵的右手拿著銀色的特化型ＣＡＤ。

穗香看著另一邊，所以沒有察覺。

真由美在直升機上，悄悄朝著這名士兵吐舌，扮了個鬼臉。

達也在遮光護目鏡後方，清楚目擊真由美的鬼臉。

（……好歡樂的一個人。）

達也只能以這種方式形容。

（話說回來，原來市原學姊是「一花」……）

鈴音使用的魔法，是一花被剝奪數字，成為失數家系的原因。

記得那個魔法，應該和一花家的先天素質關係密切。

直接干涉人體的魔法不只是當時禁止，至今依然嚴重限制不能用在醫療以外的地方。很難說鈴音是否明白這些隱情，但幾乎可以肯定她繼承一花的血統。

不過達也心想：

（真要說的話，我的魔法造成的騷動，可不只是剝奪數字的程度。）

達也沒有苦笑，而是在心中淡然地如此低語，接著按下頭盔的通話鍵。

「七草真由美小姐搭乘直升機，朝海岸方向低空飛行離去了。似乎會在中途接同學與學弟妹之後離開現場。」

『收到。確認護衛對象離開戰鬥領域之後歸隊。』

「收到。」

結束通訊的達也，心想終於開始了。柳沒有明講，但不用問也知道部隊準備反攻。

為此必須先讓真由美他們平安脫離。

站在樓頂角落的達也，將ＣＡＤ指向下方，隨手扣下扳機。

建築物一角起火，並且立刻熄滅。

看得到飛彈發射器掉到路面，但達也不以為意。

這種肩載兵器，沒有脆弱到光是這樣就走火。

同樣的動作重複五次。

達也確認附近沒人瞄準直升機之後，轉身向後。

那裡站著一名手持出鞘長刀的男性。

看起來只像是提在手中，卻是毫無破綻的「無形架式」。

「──你是誰？」

開口詢問的是這名男性。爬到此處的他──不是以普通方法，而是以交互蹬著兩棟大樓外牆此種異常方法爬到此處的他，卻提出這個平凡的問題。

「國防陸軍一〇一旅，獨立魔裝大隊特務軍官──大黑龍也。」

「什麼？」

這名男性──千葉壽和警部大概沒預料到達也會輕易回應。

比起沒聽過的部隊名稱，這件事更令壽和驚愕，架式因而出現破綻。

達也在樓頂輕輕一蹬。

不是跳向壽和，是跳到大樓外側。

達也左手輕拍腰帶扣。

身體從重力的支配中解放。

達也以右手的ＣＡＤ牽制壽和，就這麼一鼓作氣上升到手槍子彈射不到的高度。

◇　◇　◇

魔法協會組織的義勇軍，被迫節節後退。

敵方的登陸部隊之中，他們應付的明顯是主力部隊。

北上的部隊是裝甲車與直立戰車的混合部隊，真要說的話是以裝甲車為主力，但攻打協會分部的部隊，特徵在於以近戰規格的特殊直立戰車為主力，還有許多魔法師同行。

外型似狗的動物化為火團爆炸。是古式魔法所創造，模擬怪物「禍斗」的合成體。

緊接著，又有類似鶴的單腳鳥噴灑出火花而消失。這是古式魔法所創造，模擬怪物「畢方」的合成體。

大陸系的古式魔法襲向義勇軍。

對方已不是「國籍不明」的軍隊。或許是放棄隱瞞真實身分，特徵明顯的術式與施加反魔法，蹂躪著義勇軍的陣地。

協會魔法師也以速度占優勢（亦即攻擊次數較多）的現代魔法抵抗，然而寡不敵眾。

「唔，撤退！」

「後退重組防線！」

聽起來像是沒失去戰意，但相較於氣勢，字面上的意思卻是轉攻為守。

「別後退！」

此時，怒斥義勇軍怯懦心態的聲音震撼全場。

噴灑火花的鳥形合成體，重重掉在地面摔爛消失。

如同巨大鎚子打下來的光景。

「擁有魔法的人們，挺身而出吧。從卑劣的侵略者手中保護祖國！」

噴火的狗、擁有火焰之翼的鳥，以及其他模擬各種幻獸的古式魔法使魔接連被擊毀。

魁梧人影走到義勇軍的前端。

如同古代鎧甲武士的英姿，是裝備堅固護具與頭盔的克人。

克人舉起右手，然後揮下。

力道並沒有很強。

然而在揮下右手的同時，敵方一輛直立戰車便立刻變形損毀。

在任何人眼中，箇中含義都顯而易見。

克人再度做出相同動作。

本應鞏固魔法防禦的機甲兵器，如同紙製玩具般被擊毀。

聲音響起了。

是屈居劣勢的義勇軍的吶喊聲。

克人將內心難為情的情緒封存上鎖。

他沒有幼稚到相信絕對的正義。

也沒有成熟到將正義當成手段而看開。

但他清楚自己的職責。

敵人沒花太多時間就回神。

他們應該還不曉得克人做了什麼。

但即使判斷力再差，也應該知道己軍受到的魔法攻擊來自克人。

直立戰車的機槍指向克人，履帶低聲咆哮。不只一輛，而是三輛組隊進攻，顯示敵方並非只是依靠裝備的無能士兵。

不過從結果來說，這三輛戰車沒能射出一顆子彈，也沒能前進一公尺。

伸出右手掌──克人採取的應對措施僅止於此。

光是這個動作，直立戰車就成為廢鐵。

多重護壁魔法──「連壁方陣」。

這個魔法不只是用來阻擋敵方的攻擊。

真正的價值，反而是這種壓潰敵人的攻擊。

連壁方陣的術式是接連構築許多護壁。要是前方護壁失效，就把下一道護壁往前推，在最後方增加新的護壁。

護壁總是在某個領域持續移動。

不是固定在自己面前，而是以幾十道護壁高速打向敵人。

這才是連壁方陣真正的攻擊方法。窮究「反物質／不可穿透」這種單一性質的攻擊用護壁，在其他人的魔法交相施展的場面中也能架設。魔法創造的護壁以物質為作用對象，同時以其干涉力排除其他魔法。

缺點在於射程距離短，而且只適用於實體對手或具體化的現象。但是以平面攻擊敵人，又兼具反物質、反魔法防禦功能的這個魔法，在近距離的團體戰能發揮極大威力。

在防禦層面，同時架設具備複數性質的複數護壁。

在攻擊層面，連續射出具備單一性質的多數障壁。

連壁方陣正如其名，是攻防合一的魔法。

火焰與雷電襲擊克人。

古式魔法必須將過程當成一種現象具體呈現，才能即時改寫事象。對克人來說，這是可以輕鬆應付的攻擊。

在空中構築的耐熱、防電護壁，保護克人與周圍的義勇軍。

護壁將敵方魔法師連同前方護衛的士兵打飛。

戰局只因為一人參戰就逆轉。

難以應付幻影攻擊的將輝改變了想法。

他停止尋找敵方魔法師，將方針轉換為將敵人趕盡殺絕。

至今他擔心波及市民，只使用攻擊單一敵人的魔法。但他認為事態拖延下去的話，市民受害的程度將更加嚴重——此外，也無法否認部分原因在於他火大了。

將輝在三人一組散開的敵陣裡，瞄準聚集最多人的位置，設定為方形的處刑場。長寬十五公尺，高度則是為求謹慎，限定在兩公尺（目前敵方沒有入侵建築物的跡象）。

將輝操作套在左腕上的ＣＡＤ，發動了魔法。改寫事象的作用力無視於障礙物存在，將掩蔽物包括在內。

剛開始的變化不明顯。敵軍只覺得身體發熱，但立刻成為刺痛的熱度，轉變為在地上打滾的劇痛，在三十秒後化為眼球發白混濁的屍體。

這是振動液態分子的加熱魔法——「叫喚地獄」。

一条家的魔法師擅長將液體氣化的發散系魔法，但當然不是無法使用其他魔法。

雖然對好友過意不去，但將輝其實對「始源碼假說」抱持著質疑態度。四大系統八大類的魔法或許是無縫相連，本質上為相同之物——將輝不是基於推論，是基於感覺如此認為。依照他的實際感受，依照系統區分魔法，只是為求方便而進行的歸類。

將輝現在使用的「叫喚地獄」可說是「爆裂」的劣化版本。相較於將體液瞬間氣化的「爆裂」，「叫喚地獄」是花費時間（但也只有三十秒到一分鐘）加熱體液的魔法。

以威力劣化為代價，將目標對象從「物體」擴大到「領域」的魔法。

召喚出地獄油鍋（不用說，當然是一種比喻）的方形區域裡，傳來強烈的精神波動。

橫濱事變概略圖 4

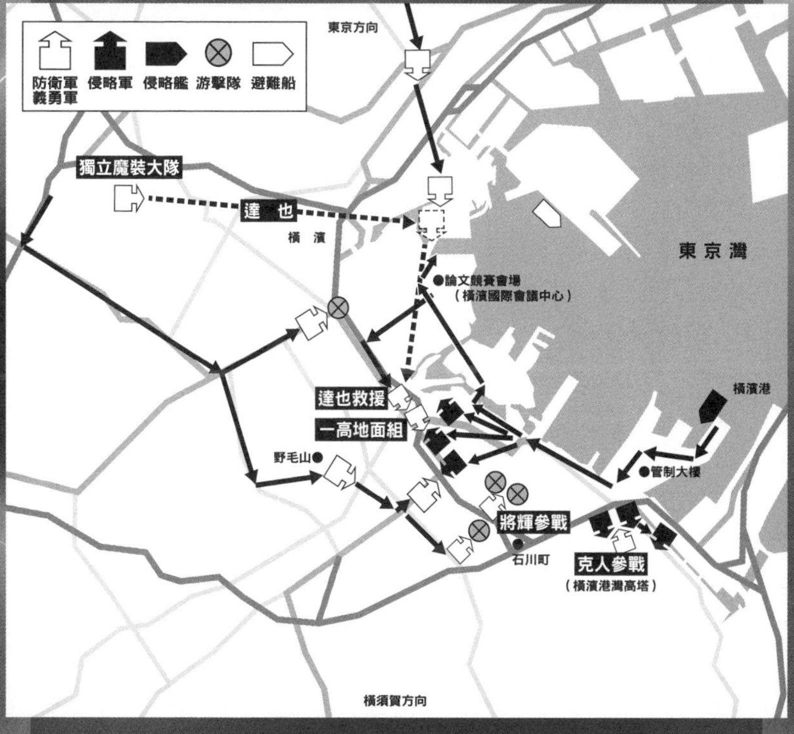

西元2095年10月30日
下午5點現狀

叫喚地獄也是直接干涉目標內部——也就是人體的魔法，因此很難對身披情報強化護甲的魔法師產生效果。

反過來說，能在那個處刑場倖存的人，就是魔法師。

（找到了！）

雖然還有許多敵人，但將輝直覺認定這名魔法師是幻影魔法的使用者。

他從建築物後方衝出來，一鼓作氣地奔進化為空白地帶的「處刑場」遺址。

朝將輝瞄準的槍，在己方的支援射擊之下癱瘓。

將輝再度改以右手握著手槍造型ＣＡＤ，瞄準敵方逃走的魔法師背影。

不等對方回頭就扣下扳機。

紅花綻放。

敵方魔法師來不及投降，就死在將輝手下。

小規模的落雷在街道肆虐，敵方停止槍擊。深雪他們這一組，如今只零星遭遇敵人，不再遇見新的直立戰車或裝甲車。幹比古的雷擊魔法癱瘓敵方步兵群後，五人聚集在大樓後方。

「七草學姊她說會以直升機來接我們。似乎不同於市民的逃生直升機，而是另外準備一架載我們離開。」

接到真由美通知的深雪說明現狀。

「不愧是七草家，真大方。」

艾莉卡以奇怪的方式佩服。

「感覺和大方不太一樣……肯定是為了讓學姊確實逃離吧。」

「就算這樣也謝天謝地。」

「說得也是。多虧如此，我們也得以離開了。」

幹比古、雷歐與美月有餘力如此閒聊，也是因為敵方停止攻勢吧。

「啊，是不是來了？」

無須艾莉卡提醒，所有人都聽到螺旋槳聲。他們布陣的地點，原本就是自行移動也不用十分鐘的地方。以直升機來說，是除了起落時間之外，可以無視的距離。但是過了好久都沒看到直升機。明明正上方傳來風切聲卻無影無蹤。

深雪收到來電，將通訊元件抵在耳際。

『深雪學妹？抱歉，這裡太狹窄無法降落。我們放繩索下去，你們抓著上來好嗎？』

深雪還沒回應，空無一物的上方就垂下五條繩索。仔細一看，繩頭如同海市蜃樓搖曳。

「……透明化，不對，應該說是光學迷彩吧。穗香真高明。」

深雪輕聲說著，便伸手抓住繩索，單腳踩在末端的踏板。輕拉繩子示意做好準備之後，繩索就緩緩捲回。

另外四人連忙跟上。

進入直升機之後，即使不是深雪，也顯然看得出穗香在做什麼。

將天空影像折射投影到半球面螢幕的穗香，忙著控制魔法而沒有餘力開口。如果背景不是天空，是變化更激烈的景色，肯定無法在移動過程維持光學迷彩。

「即使如此，依然是最適合用來埋伏的魔法。」

「一點都沒錯。要維持這麼複雜的處理程序，可不是隨便就做得到。」

「深雪同學也不行？」

連朋友們的這些對話，穗香似乎也沒什麼聽進去。

「快到了。但要是撐不住，解除也無妨。」

「不要緊。」

穗香光是回應真由美的激勵就竭盡餘力。

但是很遺憾，直升機無法迅速回收摩利他們。

不曉得是否該說是最後的垂死掙扎，從空中俯瞰狀況的真由美等人，知道戰鬥重心移轉到中華街周邊，而那附近幾乎沒有敵人。

然而，以步槍與飛彈發射器為主要武裝，包含魔法師的敵方步兵部隊，正猛烈攻擊摩利他們五人。不曉得壽和正獨力對抗著後方敵人的真由美等人，即使發現少了一個人而內心動搖，依然立刻支援五人。

不對，形容為「真由美等人」或許不正確。因為從直升機上使用魔法支援的，只有真由美一個人而已。

冰雹打在敵兵身上。不是冰塊，而是以乾冰形成的許多子彈，以絕非自然現象的超音速襲向敵人，貫穿了防護服。

以乾冰為子彈的「魔彈射手」。

子彈以各種角度攻擊敵兵頭頂、背後與側面等各種位置。受到交叉砲火攻擊的敵兵，甚至無法辨識魔法來自何處就接連被擊倒。

從空中攻擊地面及敵方看不見己方的優勢，真由美的魔法不到五分鐘就鎮壓全場。

『摩利，久等了。我放繩索下去，你們上來吧。』

「嗯，拜託了。」

真由美以壓倒性的火力（不曉得是否該這樣形容）輕易地征討了敵方兵力。對此不太能接受的摩利，招呼二年級眾人集合。

五十里與花音、桐原與紗耶香結伴走來。

此時的他們疏於警戒四周，但要責備這一點應該很難。

他們直到前一刻，都處於激戰的漩渦。

而且解除光學迷彩的直升機在上空保護，也帶來安心感。

但游擊兵的精髓，就在這種狀況下的偷襲。

「危險！」

如此大喊的是摩利。

回應聲音率先行動的是桐原。

他撞開紗耶香，同時揮刀。

緊急發動的高頻刃，奇蹟似地架開瞄準胸口的子彈，卻只防得了上半身。

子彈貫穿腿部。

右腳大腿以下撕裂飛散。

「桐原！」

「啟！」

另一邊，五十里推倒花音，壓在她身上。

整個背部血流如注。

是榴彈碎片刺中的傷——恐怕是致命傷。

「啟！啟！」

「桐原！撐住啊！」

兩名少女依偎著心上人哭喊。

摩利試圖向偷襲的游擊兵發動魔法。

然而壓倒性的干涉力覆蓋現場，使得她的魔法沒能發動。

摩利連忙看向身旁——干涉力的源頭。

從直升機跳下來的深雪，以令人完全感覺不到重力的動作輕盈著地，而且以面無表情到恐怖的程度，將右手舉在前方。

深雪怒火中燒。

對她來說，五十里與桐原都只是認識的人罷了。但光是敵方卑鄙地偷襲傷害自己認識的人，就足以令她暴怒。

即使怒火中燒，大腦深處卻冰冷清醒。

看似反射性跳下來的她，其實完全掌握自己身上的重力。

無須CAD。

解放的魔法領域，光是以思緒就能構築她的擅長魔法──特異魔法。

深雪封住的不只是達也的力量。

為了封住達也的力量，深雪控制己身魔法的力量，總是分出一半用在哥哥身上。

深雪使用魔法會失控，是抑制哥哥魔法的副作用。

如今，由於深雪解放了達也的能力，她自己的能力也得以釋放。

四葉一族沒有家系別名。

原因在於各人具備著各種不同的特殊能力，無法歸類在同一個範疇，卻也沒有脫離「魔法會遺傳」的原則。

深雪的母親擁有獨一無二，干涉他人精神構造的系統外魔法。

那麼，干涉精神的魔法也遺傳給女兒深雪，並不足為奇。

此外，正因為深雪擁有干涉精神的魔法，才能盡到「抑制達也魔法」的職責。

是的──她的冷凍魔法，是她天生具備的魔法衍生出來，干涉物理世界的形態。

深雪將右手伸向前方。

光是如此，世界就凍結了。

世界以深雪為中心凍結——看似如此。
路面與牆面都沒覆蓋冰霜。
凍結的是認知的世界。
接觸這陣波動的摩利、花音、紗耶香，以及受重傷的桐原與五十里，都未產生變化。
然而，試圖朝他們開槍或投擲手榴彈的敵方士兵，則是就這麼僵硬地無法動彈。
不是凍結，是靜止。
不是身體，而是精神凍結。

系統外精神干涉魔法——「悲嘆冥河」。

凍結的精神不會再次甦醒。
凍結的精神無法認知死亡，也無法命令肉體死亡。

受到凍結的精神束縛，身體甚至無法死亡，維持最後受命的姿勢而化為雕像倒地。

沒有人能說明深雪做了什麼。

但所有人都看見世界凍結的幻影。

所有人以直覺得知深雪做了某件事。

即使無法化為言語，也感受到失去精神的恐怖。

深雪看向身旁，仰望上方，低下頭，露出落寞的微笑。

但她立刻抬起頭，揮手大喊。

「哥哥！」

除了桐原與五十里，所有人都沿著她的視線看過去。

一名全身漆黑的士兵擺出著陸姿勢。

士兵降落在深雪身旁，打開護目鏡卸下面罩。

達也面色凝重地趕到五十里身旁。

「哥哥，麻煩您了！」

深雪在旁邊緊依達也的右手。

達也點頭回應，從左腰拔出ＣＡＤ。

「你要做什麼？」

銀色地CAD指向五十里。

沒時間阻止。

花音能做的只有如此大喊。

扳機扣下了。

花音反射性地閉上眼睛。

【開始追溯個別情報體變更履歷】

達也的表情沒有變化。

【確認復原時間點】

使用這個魔法的所需時間，真的極為短暫。

但深雪知道，哥哥在這個時候，嘗受著超乎想像的痛苦。

深雪眼尖地看見達也額頭冒出冷汗。

她下意識地轉過頭去。

但達也現在是行使魔法的生化機器人，多餘的情報不會映入眼中。

【開始復原】

達也發動他能夠自由使用的另一個魔法——「重組」。

回溯個別情報體的變更履歷，複製並復原受傷前的情報體。

將複製的情報體當成魔法式，貼附在個別情報體。

以受傷前的情報，覆蓋記錄為受傷狀態的情報體。

情報依附著事象。

情報能改變事象。

依循魔法的基本原理，受傷的肉體開始改變狀態。

復原為沒受傷的狀態。

不是治療傷勢，是將受傷的事實抹消。

世界具備的修正力，為了解釋五十里身體受到的改變而產生作用。

將五十里的身體，解釋為「未曾被榴彈碎片插入」。

五十里身上的碎片消失。

不是分解，是不知何時散落於他的身旁。

忽然，五十里的身體看似變得模糊。

下一瞬間，他的身體完好無傷。

不只如此，連衣服染上的血跡也消失。

【復原完成】

五十里的肉體，以榴彈沒炸傷就度過這段時間的狀態，在世界定型。

達也沒多花時間確認五十里的「重組」，就以ＣＡＤ指向桐原扣下扳機。

光論視覺效果，這邊堪稱較為強烈。

斷腿吸向大腿並接觸的瞬間，桐原的身體忽然模糊。

下一瞬間，手腳無缺的少年躺在原地。

達也將ＣＡＤ放回左腰，默默地將深雪摟過來。

「啊……！」

達也環抱深雪的背，朝瞪大雙眼的她耳際低語之後放開她。

退一步拉開距離，戴上面罩、放下護目鏡。

恢復為全身漆黑的達也，輕拍腰帶扣飛上天。

深雪茫然目送他的身影。

她的耳裡，反覆播放著哥哥所說的「做得很好」這四個字。

五十里以半信半疑的表情俯視自己的身體。

茫然注視戀人的花音，忽然抱住五十里放聲大哭。

另一邊，桐原納悶地反覆跳躍或是單腳站立，紗耶香則是含淚笑著旁觀。

深雪聽到後方傳來「噠」的輕盈腳步聲而轉過身去，看到了艾莉卡扛著比自己身高還長的大太刀跳下直升機。

「辛苦了。剛才的魔法好厲害。」

艾莉卡一如往常地搭話，深雪回以低調的微笑——看似畏懼的笑容。

「……在哥哥面前，應該連死神都得讓路。不過那個魔法是……」

「嗯？不，達也同學的魔法當然厲害，但我說的是深雪的魔法。能像那樣只針對敵人攻擊，不是很厲害嗎？不愧是深雪。」

艾莉卡的表情沒有作戲或逞強。

只是單純稱讚深雪的實力。

沒有恐怖的情緒。

所以……

「——謝謝。」

深雪得以自然而然，以一如往常的語氣回應。

◇　◇　◇

攻勢被逼退到魔法協會分部所在的山丘北方的侵略軍，將兵力迂迴繞到南方，嘗試最後一次進行攻擊。

他們已經放棄抓人質。

兵力也無法長期占領據點。

這樣下去將會無功而返。所以侵略軍決定，至少要搶走協會分部儲存的現代魔法技術資料，並且儘可能殺害更多的魔法師，削減這個國家的戰力。

撤退的時機極難看清。

在位居優勢時決定撤退同樣困難，不過在還沒遭遇決定性敗北的現在，沒得到任何戰果的這種狀態也很難放得下。

拖住敵方攻勢之後，從後方出其不意地進攻。這種用兵乍看雄猛有力，率領迂迴部隊的指揮官也這麼認為而士氣高昂。

只由裝甲車與直立戰車組成的機動部隊，目前沒遇上敵人。

這個作戰是基於守方沒有機動力的推測，而且裝甲車上的指揮官認為預估正確。

就在這時，從裝甲車後方艙門探出上半身警戒的士兵，因為上方掠過黑影而抬頭。

這名士兵沒能看出黑影的真面目。

從空中發射的子彈貫穿了士兵頭部。

侵略軍的車輛連忙相互通訊，將機槍指向空中。

黑色部隊——獨立魔裝大隊的飛行兵部隊，如同嘲笑這種應對方式般俯衝下降，降落在道路兩側大樓的頂端，從斜上方同時開火。

增幅貫穿力的步槍彈成為豪雨降下，突破魔法防禦極限，射穿直立戰車的座艙。

集中爆發力的小型榴彈，炸飛裝甲車車輪。

高溫金屬粉末吹入燃料槽而點火。

侵略軍也並非毫無抵抗。

他們發射榴彈，將大樓打成瓦礫。

重機關砲掏挖牆面，將探出槍口的飛行兵震飛。

但黑色部隊的火力絲毫沒衰減。

捲起火焰的瓦礫中、牆面受損的大樓上，射出更激烈的彈雨。

侵略軍的士兵們在裝甲車與直立戰車裡，感覺像是在對付不死之身的怪物而恐懼。

他們立刻得到親眼見證這個機制的機會。

一名飛行兵因為立腳處損毀而摔落地面。

直立戰車的機槍射穿他的身體。

多虧漆黑戰鬥服的防彈能力，他沒有立刻斃命，卻肯定受到致命傷。

然而，一名雙手握著銀色CAD的黑色魔人，降落在這名士兵身旁，以左手指向他的下一瞬間，士兵的傷就消失了。

魔人的右手，指向瞄準過來的直立戰車。

身披裝甲的直立戰車出現雜訊，總高度三公尺半的機體化為粉塵消失。

『……摩醯首羅！』

慘叫聲乘著電波擴散。

恐懼催促的逃離，以及恐懼驅使的突擊，成為兩道相反的波紋互相碰撞，導致侵略軍的隊列失去了秩序。

這陣恐慌在他們全軍覆沒之後終結。

◇◇◇

偽裝登陸艦的艦橋——亦即侵略軍的司令部，籠罩著悲壯又凝重的空氣。

「分隊全軍覆沒……？」

被兼任艦長的侵略軍總指揮官狠瞪的參謀嚇得縮起身體，但還是完成自己的職責。

「依報告推測，我軍奮力抵抗以飛行魔法突襲的空降部隊，但依然全軍覆沒了。」

「…………」

「……此外，這是尚未確認的情報……」

「什麼情報？」

「分隊通訊時，有人喊出『摩醯首羅』。」

「什麼？摩醯首羅！」

艦橋上頭一半的人員瞪大雙眼。

「分隊裡，有人參加過三年前的戰鬥。」

「…………」

「……請問這是什麼意思？」

屬於另一半人員的副官，不是請教總指揮官，而是詢問如此報告的參謀。

「——是惡質的胡扯！」

但回答的卻是總指揮官本人。

三年前令他們在沖繩敗北，身分不明的魔人。

交換俘虜而歸隊的士兵之中，不知由誰恐懼低語的稱號。

大亞聯軍高層否認這個存在。

禁止士兵們說出這個名稱。

本應埋葬的惡夢。

但是再怎麼出言否定，惡夢依然化為現實，朝他們露出獠牙。

◇　◇　◇

獨立魔裝大隊的飛行兵部隊活用其機動力，從後方襲擊與魔法協會義勇軍交戰的敵軍。

投入前線的兵員共四十人，只是一個小隊的規模。但顛覆戰場常識的兵員移動速度，將兵力提升到兩倍甚至三倍。

而且無須考量兵力的損耗。

他們身穿的漆黑戰鬥服——可動裝甲，誇稱具備高度防彈性能。此外，隊員都具備高階戰鬥魔法技能，對魔法干涉力的防禦也很堅固。

即使如此，也並非完全不會受到敵方攻擊所傷。個人身上的裝備無論如何都有重量極限，相較於戰車或戰艦裝甲難免遜色。

因此他們可能中彈。

也可能在爆炸中受傷。

甚至是胸部或腹部被打穿。

但他們只要不是當場死亡，就不會停止行動。中槍流血而倒下的士兵，會在下一瞬間若無其事地起身。身上沒有傷痕，裝甲沒有血跡，甚至連裝甲本身都沒有彈孔。

雙手握著銀色ＣＡＤ的高大士兵，每次以左手瞄準扣下扳機，受傷的士兵就會復原。

從死亡中解放的士兵，化為修羅突擊。

侵略軍的士兵無法相信親眼所見的光景。

明明應該確實造成了致命傷，這個事實卻變成沒發生過。

他們覺得或許自己迷失於白日夢之中。

但這是首屈一指的惡夢。

即使現實感遭受侵蝕，也從眼前光景學習到因果關係。

左手那把銀色的槍，使漆黑的士兵復甦——他們不曉得現在是什麼狀況，卻只以直覺理解到這一點，將砲口瞄準手持銀槍的士兵。

然而，砲擊從未命中。

無論是槍彈或榴彈，都在空中煙消雲散。

面對那隻右手的物體，全部化為粉塵消失。

——Divine Left——

左手伸向的士兵，從死亡的界線甦醒。

——Demon Right——

右手指向的一切，無論是人或機器都會消失。

三年前，香港出身的士兵迴避高層封口令所使用的英文單字成為漣漪，在侵略軍士兵之間慢慢擴散開來。

——Mahesvara（摩醯首羅）！——

接著化為大浪，將他們的戰意吞噬捲離。

◇◇◇

敵方攻勢在不自然的時間點停止。

依照克人的直覺估算，敵方還要一陣子才會轉為敗逃。不過，即使比預料中還要快，克人也不會放過。

「敵人怯懦了！」

在魔法協會為主力編成的這支義勇軍，克人屬於最年輕的階級。

但是和輩分無關，克人自然而然地掌握著現場指揮權。

獨具慧眼，從克人外型看穿他實際年齡的人，並不是不存在。

但是無人對他具備的領導者天分提出異議。

當然，他的魔法力比在場任何人都優秀，而且是壓倒性的程度，這個要素也是很大的影響。要不是他參戰，屈居劣勢而節節敗退的就是己方。幾乎所有人都理解到這一點。

但不只是實力。

實力反倒是次要因素。

義勇軍之所以承認克人是大將，在於他的激勵將眾人的怯懦一掃而空。

想打勝仗，補給確實很重要。提升部隊熟練度也是重點。有效運用兵力的作戰，以及後勤的運輸通訊手段可能也是不可或缺。

但是這些牌出盡之後，在最後的最後掌握關鍵的是士氣。

士兵的鬥志有時候會顛覆所有劣勢帶來勝利。

至少在陸地戰，士氣依然是求勝時不能忽視的要素。

而且，能激發士兵鬥志的是罕見的天分，將帥之才。

「一鼓作氣反擊！」

聽從克人的一聲令下，魔法同時施放。

為了避免相剋造成失效，統一以加重系魔法同時砲擊。

這波攻勢，對已經畏縮想逃的侵略軍造成決定性的打擊。

沒搭乘機甲兵器的步兵與魔法兵大多被打倒。

所剩不多的直立戰車半數翻覆。

撐住攻擊的裝甲車與直立戰車，以及少數步兵、魔法兵組成的殘存兵力開始潰逃。

克人以由上而下的連壁方陣，接連擊毀翻覆的直立戰車後，舉手大幅往前揮。

「前進！」

不准敵軍有餘力重整態勢的追擊命令。

義勇軍的士氣就此達到巔峰。

在獨立魔裝大隊的攻擊之下，敵方兵力正從後方瓦解——將輝和克人同樣不曉得這件事，不過他幾乎和克人在同一時間，感受到戰局有所改變。

將輝和克人同樣處於義勇軍領導地位，但他沒有積極指揮，反倒是在前線保護戰友。

他現在獨自站在中華街北門（玄武門）。中華街在戰後重新開發之後，大樓扮演護壁的角色，只能從東西南北四道門進出。推測開發時並非毫無秩序，而是基於既定計畫。

是為了用來封鎖？還是死守？

恐怕是後者。

若是平時會完全打開，遊客絡繹不絕的四方大門，如今則是深鎖著。

將輝不打算計較鎖門這件事。住在別人的國家卻只求自保，還將住處鞏固為要塞（？），將輝在情感上無法接受。但他站在封鎖的北門前面，並不是要宣洩反感。

「開門！否則就認定你們和侵略者串通！」

將輝之所以會在此處擺出不折不扣的應戰架式，是因為敵人從這道門逃進中華街。

不曉得裡面何時會射出子彈。

射來的或許會是榴彈或魔法。

也可能是威力超越將輝防禦力的炸彈或術式從天而降。

所以他繃緊神經，以隨時能發動魔法的態勢，獨自站在此處。

將輝內心和嘴上不同，已經決定強行突破。雖然他剛才要求開門，但若對方打算輕易地放他進來，就不會刻意逃進出口有限的中華街吧。

即使內部居民沒和敵軍串通，敵人也理應會率先搶得大門開關權才對。將輝不認為手無寸鐵的市民能夠抵抗。

所以，門在他喊話之後立刻發出軋轢聲開啟的光景，使得將輝感覺期待落空而愣住。

現身的是一群人，由年紀比將輝大五、六歲，洋溢著貴公子氣息的青年帶頭。

他們帶著被捕的侵略軍士兵。

「我是周公瑾。」

青年自報姓名。

「……周公瑾？」

「這是本名。」

周姓青年應該已習慣這種反應，朝著納悶的將輝靜靜一笑。

「恕我失禮。我是一条將輝。」

大概是覺得不應該在長輩自我介紹之後不予回應，將輝有點慌張，卻考量到必須強勢，刻意不以謙虛語氣報上姓名。

相較於將輝的態度，周姓青年依然保持低姿態而行禮致意。隨後他站到旁邊，將身後的俘虜（嚴格來說不是俘虜，是罪犯）交給將輝。

「我們和入侵者無關，反倒也是受害者。我們希望您理解這一點，所以提供協助。」

青年以極為誠實的表情訴說清白，至少表面上看起來毫無疑點。

但將輝無法相信。莫名覺得假惺惺。

之所以開門讓侵略軍入內，周姓青年肯定會主張是為了讓對方大意而落網。而且這樣的主張

合理又具備說服力。

但是到頭來，他們是如何逮捕武裝的士兵？

不能大意。

將輝對這名周姓青年抱持這樣的印象。

但即使如此，將輝也沒有權限調查平民。

而且表面上看來，這邊的戰鬥可說是在他們的協助之下得以終結。

將輝向周姓青年道謝，和其他義勇兵合作，接管被捕的敵兵。

將輝並未察覺，這導致他離開了最前線。

◇　◇　◇

從沿岸區域逃往內陸的直升機裡，籠罩著沉默。

莫名洋溢著令人不敢開口的氣息。

但他們也無法持續承受這股不自然的沉默。

「……明明發生在自己身上……我卻依然無法相信。」

首先低聲開口的是五十里。

「……究竟發生什麼事了？要怎麼樣才做得到這種事？」

逕自說出疑惑話語的，是另一名當事人桐原。

「乾脆說這一切都是幻覺，我還比較容易接受。」

「但這不是幻覺。我差點沒命，你中彈斷腿，都是千真萬確的事實。」

沉默再度降臨。重新面對如此嚴重、曾經嚴重的事實，空氣變得比剛才更加沉重。

「……司波，回答我一個問題就好。」

摩利詢問當中唯一知道真相的深雪。

或許該說「終於」吧。

「什麼問題？」

深雪回應的語氣很冷靜。

但她無法完全掩飾僵硬的表情。

不，或許她不打算掩飾。

或許深雪是刻意擺出硬如水晶的表情也說不定。

「達也學弟的魔法可以持續多久？」

魔法的治療只是暫時性的，這是治療魔法的原則。只有在效果持續時反覆重新施展、反覆欺騙世界，才終於能夠讓虛假的治癒結果在世界定型。如果持續時間太短的話，就得立刻施加新的治療魔法才行。

「永久持續。」

但深雪的回應出乎預料。

「那和一般的治療魔法不同，不需要持續施法。」

深雪的回應不只百分之百理解摩利的意圖，也刻意說給五十里與桐原聽。

「也沒有活動限制，可以完全一如往常地生活。」

「……這種事有可能嗎？」

摩利似乎無法接受這個回答。

「學姊不相信？」

「並不是不相信。」

無法接受的不只是摩利。

「我很感謝司波學弟救了啟……但我沒聽過一次就能完全治好的治療魔法。這樣違反治療魔法的基本機制。真的治好了？既然這樣，那不是治療魔法嗎？司波學弟究竟做了什麼？」

「音妹，冷靜點。」

真由美出言安撫越說越激動的花音。

「深雪學妹，別因而壞了心情。音妹只是在擔心五十里學弟。」

「我明白，我不在意。」

深雪以客氣的微笑，回應真由美的幫腔。

「但我還是在意他做了什麼。假設不是治療魔法，到底是……」

「摩利！追究他人的術式違反禮儀！」

才想說氣氛終於稍微緩和，摩利卻出言搞砸，真由美嚴厲斥責她。

「七草學姊，謝謝您。不過，沒關係。」

深雪答謝真由美的貼心，卻表示無須避諱。

「我覺得會在意是理所當然。如果只是對各位說明真相，哥哥應該也會准許吧。」

意思是禁止洩密。如果無法保密，這個話題就到此為止。

「我不會多嘴。」

「我不會告訴任何人。」

摩利與花音以靈敏的速度回應。

其他人也接連發誓。

「接下來聽到的事，我會完全保密。名倉先生他們也一樣。」

最後是真由美如此告知。

「不，並不是那麼誇張的事……」

深雪難得笑得像是苦笑一樣。

無論真由美怎麼保證，最後還是會傳入七草家耳中吧。不過深雪判斷這樣也無妨。既然外人得知達也能做什麼事，隱瞞做法也沒什麼意義。

反正沒人學得來。

「哥哥使用的魔法，並不是治療魔法。」

深雪以端正的姿勢，靜靜開始述說。

她的樣子，使周圍聆聽的人也不由得挺直背脊。

「那個魔法名為『重組』。最遠能回溯至二十四小時前的個別情報體變更履歷，完全複製受到外力損傷前的個別情報體，當成魔法式改寫現在的個別情報體。改寫對象會依照改寫情報，復原為受損之前的狀態。」

深雪至此暫時停頓，環視所有人。

「話說回來，各位知道魔法效果為什麼只是暫時性嗎？」

深雪詢問之後，不等回應就繼續說下去。

「魔法效果無法永久持續，是因為個別情報體的復原力產生作用。個別情報體的復原力，是抗拒外力改寫，試圖恢復為以前狀況的力量。不過，以『重組』完全複製的個別情報體，也無疑是代表過去的自己的情報體。被己身情報改寫情報體的對象，不是從受損狀態復原，而是以『沒受損就經過這段時間』的狀態，在這個世界定型。一切變得從未發生過。」

摩利與花音面面相覷。

真由美反覆眨眼。

五十里全身僵硬，桐原露出像是被擺一道的表情。

表現方式各有差異，表達的心情卻相同。

「也就是說，無論多麼嚴重的傷，達也都能一次治好的意思嗎？真是太難以置信了。即使是達也，這也……」

幹比古將這個想法清楚說出口。

「吉田同學，不是『一次』。」

深雪笑著否定。

「是『一瞬間』。而且對象不限生物，無論是人體或機械，哥哥都可以瞬間復原。」

幹比古以呆呆張嘴的狀態愣住。深雪見狀覺得很有趣，卻同時露出落寞的笑容。

「哥哥因為這個魔法的關係，無法自由地使用其他魔法。魔法領域被這個如同神蹟的魔法占據，所以沒有餘力使用其他魔法。」

沒人認為「如同神蹟」的形容方式誇大其詞。

沒什麼誇不誇張的，這就是「奇蹟」。

「……所以達也學弟才會那麼不平衡吧。」

「是啊……既然如此高階的魔法隨時待命，其他魔法受阻礙也確實不奇怪。」

深雪只說出一半的真相，不打算揭露另一半。

只對學姊們誤解得恰到好處的話語，露出落寞的微笑。

「不過，這樣不是很厲害嗎？只要是二十四小時之內受到的傷害，任何重傷都能當成沒發生過，對吧？」

花音忽然這麼說，如同要趕走沉重的氣氛。

「是啊。像是災區或野戰醫院，這種需求不計其數，可以拯救成千上萬的人命。」

五十里大概是重新理解箇中含義，以蘊含熱意的語氣附和花音。

「是啊！相較之下，無法使用其他魔法只是小事。這麼厲害的能力為什麼要保密？這樣可以拯救許多生命耶。不是奪走性命，而是拯救性命得到名聲，這樣是真正的英雄吧！」

「這個嘛……能將所有的傷害統統當成沒發生過的魔法，各位難道認為不用付出任何代價就能使用嗎？」

相較於激動的花音，深雪極為冷靜，缺乏表情。

冰冷犀利的眼神貫穿花音。

無論是花音、摩利還是真由美，看見這樣的眼神才首度得知，深雪是將狂亂激烈的情感冰凍在自己心中，才能硬是保持平靜。

她正在哀傷嘆息。

她正在憤怒發狂。

「回溯個別情報體的變更履歷，完全複製個別情報體。為此必須把記錄在個別情報體的情報全部讀取一遍。」

深雪的聲音依然冷靜，甚至有點制式化。但是真由美、摩利、花音、五十里，聽到這個聲音的所有人，都覺得背脊竄出毛骨悚然的寒意。

「讀取的內容，當然包括傷患感受到的痛苦。」

響起某人倒抽一口氣的聲音。

「並不是把痛苦當成知識讀取。痛苦的感覺、受傷身體的神經產生的痛覺訊號，會成為直接的情報傳入己身體內。不是透過大腦傳遞情報，而是由精神直接認知。」

某人咳了好幾聲。不是意識性的咳嗽，是無法好好呼吸造成的生理反應。

「而且，這些情報是瞬間濃縮傳來。比方說……這次從五十里學長受傷到哥哥使用魔法，大約經過三十秒的時間。相對於此，哥哥讀取個別情報體變更履歷的時間約零點二秒。代表哥哥的精神在這一剎那體驗到的濃縮痛苦，是五十里學長的一百五十倍。」

「一百五十倍……」

五十里發出呻吟聲。老實說，他甚至無法想像這種痛苦。但是五十里心想，要是自己暴露在這種痛苦之下，精神不曉得是否能維持正常。

「負傷時間越長的話，痛苦就會更加濃縮。要取消一小時前的傷，得被迫承受當事人一萬倍以上的痛苦。」

深雪微微從花音身上移開目光，以免憤怒宣洩給自己以外的某人。

「哥哥每次治療他人的傷，就得付出這樣的代價。即使如此，各位依然認為哥哥應該為他人使用這份力量嗎？」

她靜靜地暴怒。

比起任何人，她更氣自己。

氣自己如此任性，要求哥哥使用「重組」的魔法。

「隊長，我軍開始退後！」

「這樣啊。」

大亞聯軍特務部隊上校——陳祥山接到部下的報告之後，以毫無驚訝、悔恨或意外的聲音點頭回應。他並不是預料己方很可能敗退，卻也考慮過為了達成作戰目標，狀況會變得如此的可能性。只要能達到作戰目標，戰鬥層級的勝負就不重要。他就是以這種方式建立今天的地位。

「我們接下來要進行二號作戰。」

隨侍的士兵共二十人。這樣的人數絕對不算多，卻都是他趁著混亂從本國找來，擅長後方破壞作戰的專家。比剛開始帶來的臥底作戰要員高明許多。

「呂上尉。」

陳呼喚著即使失手一次，戰鬥力卻最令他信賴的這名部下。

「你或許有自己的想法，但是別考慮向他們報復。執著於價值並不確定的聖遺物，原本就是一種錯誤。」

「屬下明白。」

無論心境如何，呂剛虎依然以完美自制的聲音回應長官。他身上穿著自己原本的裝備，名為「白虎甲」的咒法具鎧甲。

「出發吧。」

部隊在陳的號令之下，靜靜地開始移動。

目的地是橫濱港灣高塔，日本魔法協會關東分部。

◇◇◇

覆蓋真由美等人所搭乘的直升機的沉重空氣，被美月忽然發出的「啊！」一聲打破。

「美月，怎麼了？」

造成沉默壓頂的當事人深雪對聲音起了反應，率先以溫柔的語氣詢問。大概是覺得不能再這樣下去吧。

「那個，我好像在港灣高塔附近，看到類似野獸的氣場……」

美月搭乘直升機之後，依然不時取下眼鏡觀看地面狀況。她基於「自己只能看」的理由自願負責監視，並且在此時建功。

「類似野獸？好戰又凶暴的意思？」

幹比古在詢問美月的同時，不等回應就從懷裡取出符咒。他發動術式之後將符咒舉在眼前，隔著符咒看向因為有一段距離，看起來很小的港灣高塔。

「敵襲？」

幹比古發出驚愕的聲音。

「確定嗎？」

「但義勇軍應該已經逼退敵人了啊。」

艾莉卡與花音接連發問。

幹比古點頭回應艾莉卡的確認，搖頭回應花音的反問。

「是少數兵力從後方偷襲。我感覺到恐怖的咒力。回去吧，協會有危險。」

最後那段話是對真由美說的。

真由美的眼中浮現迷惘，和摩利四目相對。

「真由美大小姐。」

此時，副駕駛座的名倉向她說話。

「魔法協會透過十師族共通線路發出緊急通訊。」

「請給我聽！」

真由美像是一把搶來般，從名倉手中接過通訊機。

接收器抵在耳際之後聽到的，是正如幹比古告知的緊急狀況。敵人不多，但留在協會的魔法師也不多。協會成員表示這樣下去撐不久。

真由美迅速做出決定，剛才的迷惘如同沒發生過。

「名倉先生，直升機開往協會！」

真由美不等回應就自行操作通訊機。線路很快就接通了。

『七草，怎麼了？』

傳來的是克人語氣蘊含緊張的聲音。真由美從中聽出些許的焦慮與迷惘，理解到協會分部也向克人求助。

「十文字，協會分部由我們過去。」

真由美省略所有前言這麼說。

「直升機立刻就回去，不會花太多時間。所以十文字專心擊退敵軍部隊吧。」

克人不曉得真由美正搭乘直升機離開，而真由美沒收到克人正在前線指揮的消息。

但真由美確信克人不可能在安全的地方袖手旁觀。而且她知道克人一旦參戰，將成為戰線裡不可或缺的存在。

即使是強悍的十文字克人，也無法同時位於兩個地點。敵人從兩個方向同時攻擊，他沒辦法同時擊退。

『拜託了。』

「交給我吧。」

通訊結束時，直升機已經轉向前進。

陳部隊的奇襲完全出乎日本陣營意料。不是沒想到會以小型部隊奇襲，而是沒想到還保存如此精銳的戰力。

從海面侵略的大亞聯盟（這是推測）軍，如今完全陷入劣勢。山手方向的部隊，面對克人指揮的義勇軍而潰敗；關內方向的部隊，因為中華街的「背叛」而被捕；山下町方向的部隊，則是受到漆黑飛行兵團攻擊而陷入毀滅狀態。如此一來，應該沒餘力保存兵力才對。

但實際上，魔法協會確實受到小型精銳部隊的襲擊。這支部隊不到小隊規模，各人的戰鬥力卻極高。尤其是身穿白色中式甲冑的士兵，連裝甲車的機槍掃射都不當成一回事，接連突破重重拒馬登上山丘。

降落直升機停機坪的真由美等人，也目睹這幅光景。

「那個傢伙是誰？」

摩利看著白色甲冑的士兵，正確來說是感受到對方氣息，發出愕然的聲音。

「是那時的人……記得叫作呂剛虎？原來他逃出來了。」

真由美以知覺系魔法認出對方長相之後瞇細雙眼。

「呂剛虎？」

「艾莉卡，妳知道？」

雷歐如此詢問，艾莉卡以激動表情點頭。

「他是個強敵。」

「哦～」

無論是簡短回答的艾莉卡，還是得到回應的雷歐，都沒有畏懼的神色，眼神反而閃閃發亮。

使得高三搭檔比起擔心更覺得頭痛。

深雪俯瞰節節進逼的敵方部隊，拿起ＣＡＤ。

「深雪學妹，暫停！」

被艾莉卡他們吸引目光的真由美，在千鈞一髮之際察覺深雪的行動，連忙制止她。

「妳打算連協會成員的魔法都抹消？」

深雪擅長的魔法是區域魔法。干涉力弱的魔法，會在深雪發動魔法的同時遭到消除。若是在能夠識別己方各人的距離，就能縝密定義魔法對象以免妨礙己方，但是在人們如同螞蟻大小的這個距離，真由美不認為她能如此靈巧地控制。

「放心，一招就能解決。」

深雪的回應，果然是想以一招癱瘓敵我的粗暴做法。

這番話實在過於不符合她嬌憐的外表，令真由美相當苦惱。

「不行。萬一出現漏網之魚，會成為深雪學妹的責任啊。」

聽到真由美這番話的深雪心想「不會有漏網之魚」，但她明白學姊是在擔心她，所以乖乖地將CAD收回內袋。

「深雪學妹防守分部樓層吧。這樣很像是在推托責任，我實在不是很喜歡，但是最後關卡只能交給妳了。」

「我明白了。」

真由美的「請求」是顯而易見的奉承戰法，但深雪率直地讓步。

「桐原學弟與壬生學妹，可以請你們保護深雪學妹與柴田學妹嗎？」

這樣的分配明顯意識到桐原的傷，但桐原沒逞強就答應。

「五十里學弟、音妹與吉田學弟，麻煩牽制那個白甲戰士以外的敵兵。」

真由美說完，將視線移向摩利。

「摩利。」

「嗯。那個男的由我們來打倒。艾莉卡、西城，也請你們幫忙。」

摩利點頭回應真由美，正面注視艾莉卡的雙眼。

「那還用妳說。」

艾莉卡挑釁地回應，旁邊的雷歐不發一語，只有用力點頭。

呂身穿的白虎甲能增幅他的鋼氣功，是中華古式魔法——道術的咒法具。其表面積和越野機車騎士所穿的護具差不多。世界屈指可數的近戰魔法師呂剛虎，堪稱穿上這套輕裝鎧甲時，才算是發揮真本事。

裝甲車並排當成拒馬，機關砲瞄準呂開火。比高威力步槍更強的砲彈，卻被呂輕鬆彈開。不只鎧甲表面，即使射中鎧甲沒覆蓋著的部位也一樣。增幅鋼氣功就是這麼回事。白虎在五行象徵「金」。這套白色甲冑，將覆蓋呂剛虎全身的堅固防禦術法更加強化。奇襲部隊以他帶頭接連突破拒馬，朝協會分部進逼。

在最後一道拒馬前面，呂剛虎遇見那個可恨的丫頭了。呂對這個出乎意料的雪恥機會感到歡喜。他即使接受陳的命令，心中的報復慾望依然未消。無論是側腹或背上的傷，在穿上這套鎧甲的時候都不會造成妨礙。呂朝著令他受辱兩次的丫頭——摩利展開襲擊。

摩利以她在協會調度的三節刀（以她私藏的武器為基礎的武裝演算裝置）擺出架式。她左手握著三節刀，右手放在左腕的ＣＡＤ上。腰帶插著兩把短柄小刀以及裝有各式藥品的圓筒容器。身穿同樣從協會借來的女用戰鬥服。摩利的武裝也萬無一失，但是面對發揮所有能力的呂剛虎，究竟能對抗到何種程度——摩利自己最清楚這一點。

呂剛虎眼裡只有摩利，艾莉卡從側邊出招。山怒濤。

即使是呂剛虎，也無法閃躲如此迅速的一刀。不，若一開始就將艾莉卡納入視線範圍或許可

以，但視野陷入受限狀況的呂躲不掉。

呂面對斜劈而來的長大刀刃，高舉雙手擋下大蛇丸。腳邊的水泥路面因而掀起。呂的鋼氣功卸除山怒濤的威力，完全擋下重壓而來的刀刃。

「喝啊！」

呂的身後響起咆哮聲。

雷歐順著咆哮揮出薄翼蜻蜓。目標是下段，試圖砍下呂剛虎的雙腳。

如果是從正面垂直劈下，呂或許看不見厚度趨近於零的刀刃。但是水平揮砍的奈米碳管片，在呂的眼中映出黑影。

呂的身體飛上天空，如同砲彈的飛踢襲向雷歐。雷歐將水平揮出的刀切換為往上砍，卻追不上呂的身體。

「咕喔？」

人在半空中的呂輕聲一吼。

呂剛虎踢向雷歐時，真由美的魔法命中他。即使每一發的質量不大，同時命中幾百發的威力也足以震飛人體。呂的飛踢失準掃過雷歐身旁。對方落地時是絕佳的攻擊機會——但沒能如願。

「甲冑（Panzer）！」

雷歐輸入語音指令之後，呂的雙手刺入雷歐胸膛。

是以迅雷不及掩耳的速度，起身打出的虎形拳。

雷歐整個人水平往後飛，狠狠撞上當成拒馬的車輛。

「可惡！」

艾莉卡高舉大蛇丸。

呂這次犀利地躲開正面上方這一劈。

下劈的長大刀身並未用力打在路面，而是直接往上彈，直指呂的側腹。沒將慣性復原就往下揮，在回劈的同時恢復慣性。這是山怒濤的變化型——「山怒濤・燕歸來」。

然而，這一刀即使具備重量，速度卻不足，沒能攻破呂的鋼氣功。呂剛虎讓刀刃滑過側腹，攻向艾莉卡。

艾莉卡左手放開大蛇丸，以手臂格擋呂的掌打。

艾莉卡連同大蛇丸輕盈地飛走。

呂的臉上瞬間掠過疑惑的表情。

這一招過度缺乏手感。原因在於，艾莉卡在中招的一瞬間之前，以大蛇丸的功能發動了消除慣性的術式。

但艾莉卡和雷歐一樣狠狠撞上拒馬之後，就這麼倒地而無法動彈。如果完全消除慣性，撞上拒馬應該也不會受創，或許是瞬間應對發動的術式不完整所導致的吧。

呂立刻將注意力移回摩利。

然而這短暫的時間，成為寶貴的一剎那。

呂轉頭時，視線前方的摩利已揮出右手。她手指夾著三根細長的圓筒容器。

呂停止呼吸。他沒忘記害自己嚐到苦頭的那個術式。如果只是停止呼吸，低氧空氣傳入肺部依然會造成缺氧症狀而侵蝕肉體，因此呂控制舌根封鎖氣管，以物理方式閉氣。

但摩利也沒採用相同手段。她的實力不在於他人無法望其項背的強力魔法或魔法發動速度。將各種魔法組合得多采多姿，同時發動多數魔法突破對方防禦的戰鬥技術，才是她的特色。在第一高中，服部的類型和她相似，但如果只限於對人戰鬥，摩利的變化招式豐富許多，尤以利用隨時暴露在外界的感官——聽覺與嗅覺扼殺對方戰鬥力，是她特別擅長的魔法。摩利就是以這樣的技術，成為匹敵克人、真由美等十師族直系的魔法師，和他們並列為「三巨頭」。

呂的「白虎甲」是傳統的中式甲冑，不包含氣密面罩。由於是古式魔法的咒法具，在性質上也在所難免。而且在敵我交雜的距離之下，通常不會有人使用氣體兵器，所以「白虎甲」在運用層面無須在意這一點。

不過，如果對方術士使用了「通常」以外的方法，能在刀劍交鋒的間距使用氣體攻擊，那就很難說了。

從三個容器濺出來的揮發性藥物，在摩利操作氣流之下，混合成為令人酩酊的香味，直接傳入呂鼻腔的嗅覺器官。

身體受過抗毒訓練的呂，立刻克服香料的效果。但身體功能恢復的時候，三節刀已進逼到喉頭。呂剛虎發現刀刃以黑色的線──「壓斬」加框，所以不是選擇接招，而是閃躲。

呂在頭部往後倒的同時使出前踢。這一踢毫無技巧只有蠻力，但依然輕易踢飛摩利。

後仰躲避斥力之刃的動作，帶動氣管開啟。

向上的雙眼，看見白色固體從上空襲來。

呂剛虎以右手的掌打，迎擊約為小孩拳頭大，「以看得見的速度」落下的乾冰。

乾冰在接觸呂的手掌之前恢復為二氧化碳。氣化膨脹產生的衝擊波襲擊呂，高濃度的二氧化碳，經過呂開啟的氣管抵達肺部。

這是真由美在對人戰鬥的王牌──「乾雹流星」。二氧化碳進行聚合、凝結、加速、昇華四工序而成的魔法。以衝擊波與二氧化碳中毒癱瘓敵人的術式。

世界首屈一指的近戰魔法師，被年僅十來歲，就被喻為世界首屈一指遠程精密射擊魔法使用者的少女徹底打敗。

「摩利學姊，妳不要緊嗎？」

「艾莉卡！雷歐！還好嗎？」

花音與幹比古趕了過來。花音的身後是表情顯露疲態的五十里。看來呂剛虎以外的敵兵也統統解決掉了。

「我沒事。多虧這套防護裝備。」

「看來音妹你們似乎也沒受傷。」

摩利立刻回應，真由美也從拒馬另一邊露面。

「我沒什麼大礙。」

雷歐也生硬地起身，對幹比古示意自己還健在。看來硬化魔法的鎧甲及時防護了。

「……我也還好。」

至於最後一人艾莉卡，躺在地上以不悅的語氣回應。

「艾莉卡？」

幹比古連忙跑到她身旁，雷歐臉上也浮現擔心的表情。

但摩利一看過去，艾莉卡就迅速起身。

「艾莉卡學妹，妳起來沒關係嗎？」

艾莉卡意外的行動令幹比古與雷歐語塞，五十里代替兩人詢問。

「不要緊。只是輕微腦震盪，姑且還算清醒。」

語畢，艾莉卡深深嘆息。

「啊～輸掉了。」

比起為打倒敵人而開心，更為「自己」打輸而抱怨。很有艾莉卡風格的這番話，使幹比古與雷歐一起發出鬆懈的笑聲。

◇◇◇

陳祥山獨自在通往魔法協會分部的走廊前進。沒有跑步或是躡手躡腳，而是正常地行走。他沒搭電梯或電扶梯，以自己的雙腳從一樓走樓梯，不過到目前為止沒人前來查問。

警戒的目光，應該都集中在刻意現身攻上山丘的部下們。他明白這一點並深信不疑。因為這就是他安排的。身穿花俏白甲冑的呂剛虎，理當會成為絕佳的誘餌。

鬼門遁甲。這是占卜方位吉凶的學問。如同忍術雖然高超卻偽裝成單純的體術，古式魔法鬼門遁甲也有不為人知的一面。

實際上，這是操縱方位的魔法。以術者期望的方向引導他人認知的祕術。

方位遭到混亂的人無法抵達目的地。例如，即使自認筆直地前進卻在相同地方打轉的人，看起來像是以永遠追不上步行馬車的奇異速度前進。鬼門遁甲在背地裡，就是一種方位特化型的精神干涉咒法。

而且這不限於以經緯線為基準的地理方位。扭曲意識中的行進方向，也是鬼門遁甲的基本技術。陳藉由「部下的努力」，輕易抵達了日本魔法協會關東分部。

他伸手轉動門把，門卻上了鎖。這早已在預料之中，於是陳不慌不忙從懷裡取出終端裝置，按在卡片鎖的感應面板。調整為開鎖用的電子金鑰，經過物理接觸入侵了門禁系統。門鎖破壞之後響起警報聲，但陳也不在意。距離職員趕來還有充足的時間。陳踏入協會分部——接著遭受異樣的寒氣纏身。

「這就是鬼門遁甲啊，我上了一課。」

如同銀鈴輕響的嬌憐聲音滲入陳祥山耳中。他努力轉動「明明沒凍結」卻失去自由的身體，看向聲音傳來的方向。

一名不像是真人，如同桃花源的夢境一般飄渺而美麗，「經由影像非常熟悉」的少女，以冰冷笑容看著陳。

「司波深雪……」

「既然認識我，那麼這陣子糾纏哥哥的就是你吧？」

深雪的聲音聽起來像是莫名放心。

這樣的語氣也令陳起疑，但他提出的是另一個更切實的疑問。

「妳為什麼在這裡？我的法術不管用嗎……？」

深雪笑容的溫度稍微上升。

光是如此，陳就得竭力克制自己的心。

「我接受過警告，必須注意方位。」

陳睜大雙眼。這代表他們的底牌早被看透。

「老實說，我光是這樣聽不懂意思。但是既然要注意方位，我覺得只要警戒三百六十度全方位，應該就不成問題。」

陳覺得這番話很荒唐。若光是這樣就能破解，名為鬼門遁甲的術法早已毀滅了。但現在他的法術已被破解。如此重新思考的陳，感覺除了身體外側的冷氣，身體內側也冒出一股寒氣。

「幸好我們這邊有一位魔法師，她看得見無形的事物。所以看得見使用法術讓他人認為『看不見』的你。」

這和全方位警戒是兩回事！陳很想如此指摘，但他的舌頭已經無法編織這句話。

「總之，既然你是『偷窺』的當事人，只要你消失就可以暫時放心。」

深雪開心地露出更加嬌憐的笑容。

這張笑容令陳體認到了。體認到自己的命運。

陳如今才察覺，自己的體溫低到異常。

「請暫時休息吧。我在各方面也有所成長，所以你應該不會永遠醒不來才是。」

陳的意識以這番話作結，被封閉在黑暗之中。

深雪逮到陳祥山的時候，達也和柳等人正直指敵陣核心。

克人也和旗下義勇軍一起大舉追討侵略軍，但他們基本上是徒步，和達也他們的機動力差很多。可以讓單一士兵飛行的飛行演算裝置，為兵力的運用帶來革新。獨立魔裝大隊將其發揮到極限，從後方與側邊削弱敵軍。

他們獨立魔裝大隊，原本就是將最新魔法技術活用於軍事的實驗部隊。以可動裝甲進行的高機動戰鬥，堪稱發揮本領的成果。

近代之後，攻擊兵器總是勝過防禦兵器，這樣的狀態依然持續到現代。在步兵肩射飛彈能擊破重型戰車裝甲的技術體系下，陸地兵力布陣時非得散開才行。而既然對方處於散開狀態，就能以機動力與打擊力「將一支部隊各個擊破」。

不是將每個部隊各個擊破，是將部隊內分散的單位兵力各個擊破。

這是以可動裝甲的機動性，加上武裝演算裝置的打擊力，才得以實現的戰術。獨立魔裝大隊正以此驅逐侵略軍。

提升貫穿力的步槍。

限定燃氣擴散方向，搭載燃氣炸彈的肩射飛彈。

以電磁力發射高溫金屬粉末的粉塵電磁砲。

基於材質或構造問題，僅靠非魔法技術難以實現的各種兵器，將威力發揮得淋漓盡致。

魔法本身當然也大顯身手。

當中最引人注目的，莫過於柳上尉的「千疊返」。

以及達也的「雲消霧散」。

數噸重的金屬塊滾動翻覆的樣子實在壯觀。但無論再怎麼搶眼，柳的「千疊返」始終是支援用魔法，並非用來獨自解決敵人。

相對的，「雲消霧散」可說是一個不起眼又寧靜的魔法。

無聲無光。

達也提升分解層級，以免火藥、燃料爆炸波及己方，因此連可燃物質都不會冒火。

就只是消去。

化為粉塵或蒸氣擴散，以此作結。

無論是敵機或敵兵，光是如此就邁向末路。

連屍體都無法殘留的殘忍魔法，將目睹這一幕的敵人戰意連根拔除。

橫濱事變
概略圖
5

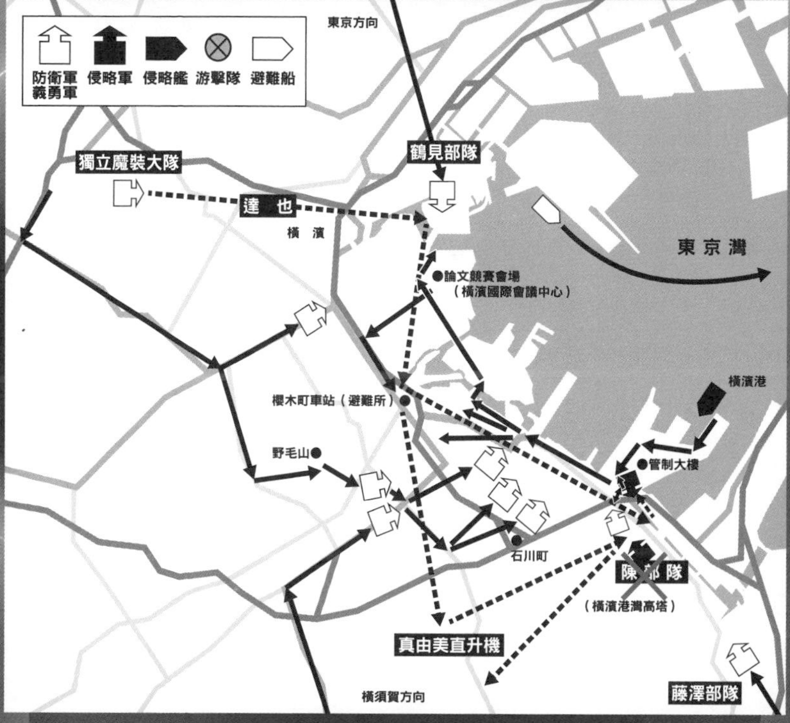

西元2095年10月30日
下午5點30分現狀

交戰之後十五分鐘。

這是敵方的極限。

兵力嚴重損耗，更重要的是士氣喪失，使得侵略軍無法承受而開始潰逃。

[13]

獨立魔裝大隊終於將敵軍總部所在的偽裝登陸艦納入視線範圍。

敵方投入的戰力是二十輛輪式大型裝甲車、六十架（輛）直立戰車、八百名戰鬥人員。其中還包括許多魔法師。

即使不足以鞏固占領的據點，也在戰場上具備充足打擊力的這支戰力，如今陷入毀滅狀態。裝甲車與直立戰車剩餘數量零，士兵損耗率達到七成。

眾人繼續追討潰逃的敵軍，帶頭的是僅僅四十人的飛行兵部隊。

橫濱事變進入了最終局面。

完全掌握義勇軍指揮權的克人，收到來自魔法協會分部的報告。

「敵方戰鬥艦似乎離岸了！」

克人對這則報告微微揚起眉角，感到意外。

「敵兵應該還沒完全撤退才對。」

他們眼前已經沒有正在交戰的敵人。直到剛才還在交鋒的敵人，留下部分牽制用的成員逃走了。牽制部隊的倖存者也全部投降。

但如果敵方殘存兵力已經全部登艦收容，這也太快了。沿岸區域應該還有敵方兵力。

「敵方似乎放棄收容殘存兵力，要改為殲滅戰嗎？」

依然年輕，大概和克人年齡相近的傳令，以充滿期待的閃亮眼神詢問克人。不久之前才持續苦戰並犧牲許多同伴，他抱持著滿腔復仇心態也在所難免。

但是正因如此，克人搖頭回應。

「這不是我們該做的事。別冒不必要的風險，交給國防軍善後吧。」

「——明白了！」

傳令大概不是由衷認同這決策，但也不會違抗這名為己軍帶來勝利的十師族魔法師。

這名青年向所有義勇軍發布停止戰鬥的命令。

北方的鶴見大隊與南方的藤澤部隊終於抵達，加上西方的保土谷駐紮部隊與會合的藤澤分隊。敵方無法承受三方壓力，回收登陸部隊到一半就中止並且撤退。

敵艦慌張準備出港，但柳從一開始就不想放過。

「來不及逃的敵兵交給後續部隊。我們直接攻擊敵艦，破壞航行能力！」

只要使用可動裝甲的空中機動力，也可以飛過殘存兵力上方，進入敵艦進行鎮壓作戰，但柳不打算負擔這種風險與精力。

柳以裝備指向性氣化飛彈發射器的士兵為中心進行編隊，手持貫穿力增幅步槍的士兵，則是負責護衛。

但他們正準備起飛時，傳來制止的聲音。

『柳上尉，請避免直接攻擊敵艦。』

「藤林，怎麼回事？」

以通訊機插話的是藤林。

『敵艦使用聯氨燃料電池。若船身在東京灣內破損，對海中生物影響過大。』

柳輕聲咂嘴。

他沒詢問藤林為什麼知道這種事。

捕捉電子束的輻射與反射掃描目標物，是藤林擅長的魔法之一。

藤林能在一公里以上的距離，從微弱的腦波模式差異辨別普通魔法師與「施法器」。要從沒有輻射護壁的容器，分析內部所儲存的大量燃料的分子構造，對她來說並非難事。

「那要怎麼做？」

『柳，收兵。』

「隊長？」

通訊對象忽然改變之後，柳發出疑惑的聲音。不是因為對象改變，是因為命令內容。

『你別誤會，這並不是作戰結束的意思。敵方殘存兵力交給鶴見與藤澤的部隊負責殲滅，你們暫時歸隊。』

「收到。」

柳這次回答得迅速又毫不猶豫，大概是聆聽通訊時已整理好思緒。

基於可動裝甲而實現的飛行兵，適合突襲敵方大本營或偷襲敵軍後方的作戰，但不適合殲滅戰這種需要人力與時間的作戰。

而且即使是精銳齊聚又提升系統效率，長時間使用魔法理應累積了不少疲勞。

柳命令部下們返回行動總部。

◇◇◇

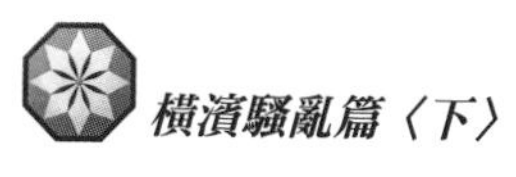

風間少校將指揮權交給歸隊而來的柳，帶著真田上尉、藤林少尉以及達也，來到了港灣高塔的塔頂之上。

殲滅戰（掃蕩敵方殘存兵力，將當地恢復為和平狀態的戰鬥）幾乎大功告成。各處零星出現閃光與槍聲，但應該會在今晚平息。通道崩塌而埋在地底下的避難所，也預定在明天開通臨時隧道。避難人民所處的環境，比地面搭設的臨時避難所還要舒服。

現在時刻是下午六點。

黃昏時分——逢魔之時。

「敵艦正以三十節的時速，沿著相模灣南下。」

藤林少尉看著行動用的小型螢幕向風間回報。

「幾乎在房總半島與大島的正中央，擊沉應該也不成問題。」

風間點頭回應藤林這番話，轉頭看向真田。

「解除第三隻眼的封印。」

「是。」

從風間手中接過卡式鑰匙的真田，以開心到輕率的表情，打開身旁的大箱子。這是從霞浦總部緊急運來的箱子。保全系統是卡式鎖、靜脈認證鎖、語音密碼鎖與聲紋比對的複合鎖。

「色即是空，空即是色。」

『密碼已認證。』

語音回應是真田的嗜好，原本沒必要。但嚴密的封印可不是遊戲。

箱子裡是一把大型步槍──造型的特化型ＣＡＤ。

真田將這把ＣＡＤ「第三隻眼」，交給依然身穿可動裝甲、戴著頭盔的達也。

達也從槍托拉出管線，插入右手腕接頭。接頭延伸的線路經過裝甲內部，連結到頭盔。

「大黑特尉。」

風間以軍用呼號稱呼達也。

「以『質量爆散』擊沉敵艦。」

「是。」

達也的聲音隱含緊張情緒。

這次是睽違三年使用在實戰，但達也不擔心「質量爆散」本身會失敗。

這份緊張近似武者決鬥前的顫抖。

達也面向南方，將槍托抵在肩膀。

「和對流層監視器連結完成。」

在旁邊注視筆記型螢幕的藤林，向風間告知狀況。

沒必要向達也告知。因為連結的影像——敵艦的紅外線影像，映在達也的護目鏡。

浮在高空，圍繞著日本列島的對流層平臺上頭所搭載的國境監視器，透過第三隻眼的天線傳送影像而來。

達也以藤林同步監視的影像鎖定目標，從情報細節觀察敵艦表面狀態。

無數水珠附著於船身。達也從中挑選聯氨燃料槽正上方，附著在甲板的水珠。

達也在第三隻眼遠程精密瞄準輔助系統的協助下，以情報體知覺的視力，瞄準監視器解析度無法辨別的一滴海水。

「質量爆散，發動。」

達也如此低語，扣下扳機。

沿著相模灘南下的大亞聯盟偽裝登陸艦內部洋溢著安心感。

「日軍果然沒有攻擊我們。」

「哼……那些傢伙沒這種膽量。」

「是擔心聯氨外洩吧？」

「一樣。就是因為事到如今還受到環保這種偽善束縛，才會眼睜睜放敵人撤退。」

不使用「敗逃」這個詞的心態，放眼各國軍人皆準。

他們確定人造衛星或對流層平臺，正以某種監視手段追蹤著他們，但他們已經不認為會遭受到任何攻擊。

不該說他們粗心大意。基本上對方要是有心早就進攻了。至少會以艦艇或飛機追蹤。

「……給我記住。這份屈辱我會加倍奉還。」

撤離是既定事實，發誓報仇的心急軍官不只一兩人。

就在即將通過大島東方的這時候——

警報聲忽然響起。

是偵測到想子波晃動的警報。遭到ＣＡＤ瞄準輔助系統鎖定的警報。

「怎麼……」

艦長想大喊的應該是「怎麼回事」。

這也是理所當然，至少周邊十公里完全沒有敵人蹤影。

但是偽裝登陸艦的艦長，無法把這短短四個字說完。

甲板產生灼熱的光球。

光球加熱空氣造成衝擊波，熔化甲板造成金屬蒸氣噴射，包含聯氨的所有可燃物瞬間完全燃燒，化為巨大火焰吞噬船艦。

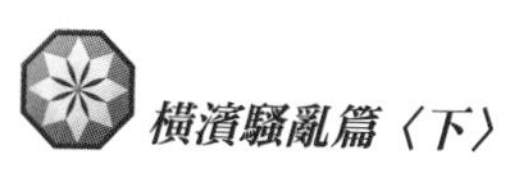

港灣高塔頂部也透過對流層監視器，確認質量爆散造成的灼熱地獄。

究極的分解魔法──「質量爆散」。這是將質量分解為能量的魔法。

不是湮滅反應。由於質量直接分解成能量，也沒有湮滅反應時產生微中子造成的能量耗損。而是依照愛因斯坦公式，將質量轉換成光速平方倍率的能量。

一滴水──五十毫克進行質量分解產生的熱量，換算成黃色炸藥為一千噸。

如此龐大的熱量，瞬間在一滴水的空間產生。

「……確認敵艦所在座標產生爆炸。由於水蒸氣同時爆炸，因此無法確認現狀，但推測目標已經擊沉。」

「已確實擊沉了。需要擔心海嘯嗎？」

注視著螢幕的藤林回報之後，達也修正情報並如此詢問。

「不要緊，無須擔心海嘯。」

「在大約八十公里左右的距離，精密地瞄準五十立方毫米的水滴……『第三隻眼』確實發揮預定性能了。」

真田得意洋洋地向風間報告。

風間朝真田默默點頭，開口慰勞達也。

「辛苦了。」

「是！」

風間朝敬禮回應的達也點頭示意，宣布作戰結束。

◇ ◇ ◇

周公瑾在獨自一人的酒宴，得知侵略橫濱的船艦「消滅」一事。他那位能夠得知世界上所有情報的主子，以加密郵件告知他這件事。

周公瑾露出淺淺的笑容，毫無悼念他們死亡的心情。周和他們的交情，終究僅止於祖先住在相同的國家罷了。周從未得到「他們國家」的保護，他們卻理所當然般地只要求周出錢或出力。周完全沒理由對他們抱持好感，如同他沒理由對這個國家的「政府」抱持好感。

周認為國力越弱越好。國家的力量減弱，便意味著金錢的力量增強。要是所有國家的力量減弱，國家的束縛也會減弱。代表周這邊可以「自由」行動。

這次是要讓魔法師捲入戰鬥導致多人戰死，降低國家在魔法方面的兵力。以這個國家來說，本次的計畫算是失敗，但「另一邊的國家」應該受到不少損害。何況另一邊的國家似乎預定現在就派出王牌的戰略級魔法師。他的主子已如此安排妥當。這麼一來，這個國家的戰略級魔法師應

該也會出馬。

哪邊會存活下來？還是會同歸於盡？

拿起酒杯的周公瑾，臉上露出邪惡的笑容。

深雪回到家，度過孤單的夜晚。

這樣的孤單並不稀奇。

達也時常因為獨立魔裝大隊的演習而不在家。

在這種時候，達也總是會經常連絡，深雪今天也有接到電話。

何況她與哥哥即使相隔兩地也隨時相連。

不是基於抽象性或觀念性的意義，哥哥的能力隨時監視她的周圍，保護她不受威脅。

現在也同樣如此。就算她對哥哥的干涉中止，哥哥對她的守護也不曾斷絕。達也總是下意識地保護著深雪。

深雪對此非常過意不去，但還是很開心。

忽然間，電話響起來電旋律。

平常不會演奏的旋律。

——於是，命運來敲門——

正如這段話所述，這段旋律總是左右他們兄妹倆的命運。

深雪連忙起身，簡單整理服裝儀容，站在鏡頭前面開啟通訊線路。

「姨母大人，許久沒向您請安了。」

『深雪，抱歉這麼晚還打擾妳。』

「不，請別這麼說。」

深雪深深鞠躬之後抬頭一看，身穿幾近漆黑的長禮服的高雅女性，在畫面當中露出了一副甜美的微笑。

她的實際年齡應該超過四十歲，外表卻只像是三十出頭。

不只隔著畫面如此，實際面對面也是如此。

深雪給人過於美麗而難以靠近的印象，但這名女性和她的類型不同，兼具妖豔地自然吸引異性的成熟俏麗。

她正是深雪他們兄妹母親的雙胞胎妹妹。

四葉家現任當家。

世界最強魔法師之一。

四葉真夜。

『這樣嗎……？話說回來，你們今天真辛苦。』

「勞您擔心了。」

深雪簡短地回應，在鏡頭前面優雅彎腰。

真夜溫文地點頭回應外甥女的舉止。

『看到妳平安，我就放心了。總之，妳身旁有達也陪著，我覺得不用擔心就是了……這麼說來，達也他現在去哪裡了？』

真夜像是不經意想起，又像是真的順便提及般詢問。

但深雪沒有受騙。她清楚知道這才是姨母真正要問的事情。

「不好意思，哥哥在處理善後，還沒返家。」

『天啊！達也真是的，扔下可愛的妹妹跑去哪裡鬼混了？』

真夜像是傷腦筋般按住臉頰，以超脫塵世的動作表達困惑。

「害姨母大人費心，真的很抱歉。我也沒能掌握哥哥的一舉一動……」

相對的，深雪始終保持禮貌，不改恭敬的態度。

「不過姨母大人，您無須擔心。哥哥的能力隨時都保護著我。」

『啊，說得也是。深雪，即使妳能夠主動解開鎖練，達也依然沒辦法毀約嘛。』

真夜笑咪咪這麼說。微笑的背後，指摘深雪未經真夜許可就解開達也枷鎖的事實。

「是的，姨母大人。的確如您所說的沒錯。哥哥無論前往何處，都無法以一己之見，放棄守護者的任務。」

即使如此，深雪恭敬的態度也沒產生破綻。

『聽妳這麼說，我就放心了。對了對了，你們兩人這週日一起來宅邸吧。我久違地想直接見見你們呢。』

「不敢當。我會在哥哥返家時轉達。」

『期待和你們相見。那麼深雪，去休息吧。』

「姨母大人，晚安。」

深雪確認畫面變黑、通訊完全斷絕之後，深深吐出一口氣，癱坐在沙發上。

她每次應付姨母，都承受龐大的壓力。而且不知為何偏偏只在哥哥不在的時候打電話來——

恐怕是知道達也不在而故意這麼做吧。

以姨母的本事，肯定連深雪不曉得的事情都知道。

即使如此，深雪也不能在真夜面前失言。要是她貿然亂說話，將會束縛哥哥的行動。

深雪打開窗簾，看向哥哥所在的西方天空。

為了將本次事件完全做個了結，哥哥目前應該陪同風間前往對馬了。

至少深雪收到的連絡是如此，而且達也不可能對深雪說謊。
深雪明白這是必要該做的事。
有人需要達也。這令深雪比當事人更加開心。
可是在今天……
在今晚……
深雪打從心底——
希望達也陪伴在身旁。
現在，這個家裡只有深雪。
要獨自承受剝奪生命的重量，實在過於難受、過於寂寞。
（哥哥……）
深雪在心中呼喚哥哥，靜靜抱緊自己。
回憶哥哥溫柔包覆的懷裡溫度，更加用力緊抱自己的身體。

◇　◇　◇

西元二〇九五年十月三十一日。

今天是萬聖節，但達也不是基督徒，沒有特別的感慨。

他現在來到對馬要塞。

距今三十五年前，第三次世界大戰——別名「二十年世界連續戰爭」的後期，這座島嶼遭受大亞聯盟高麗自治區軍隊的攻擊，共七成居民遇害。當初為了避免無謂刺激鄰國，在國境島嶼依然只駐紮最底限的守備部隊，才招致這種結果。

高麗軍也有自己的一套說詞，而且當時就是那樣的時代。

然而島民七成遇害、逃離的兩成居民也全部受到輕重傷，剩下的一成居民被綁架，島嶼因而遭對方占領，這樣的事實並未改變。

日本政府奪回對馬之後，將這座島打造為要塞。具備大規模軍港、堅固防壁、最新銳防空反艦武裝的最前線基地，就是這座對馬要塞。

『特尉，到作戰室來。』

戴在左耳的通訊元件響起呼叫聲之後，傳來這樣的指示。

達也從樓頂回到要塞。

他剛才注視的海面另一頭，浮著化為黑影的朝鮮半島。

「你來了啊。」

裝備可動裝甲、頭盔與面罩的達也一入內就敬禮致意，風間草率回禮後指示他坐下。以漆黑連身套裝與全罩式頭盔隱藏真面目的模樣，引來要塞成員們的奇異視線。達也不予理會，坐在作戰室角落的椅子。

柳與山中晚達也一步露面。

「正如預料。」

風間一看到全員到齊，毫無開場白就如此說道。

達也他們已經習慣，但要塞成員似乎難掩困惑之意。

「敵方海軍正進行出擊準備。看一下這個畫面。」

用到一整面牆的大型螢幕，顯示一張應該是衛星拍攝的照片。約十艘大型船艦與兩倍以上的驅逐艦加魚雷艇艦隊正準備出港。

「這是距今五分鐘前的照片。以此推算，敵軍最晚也會在兩小時後出港。從動員規模來看，應該不是短期攻擊，而是企圖占領北部九州、山陰或北陸地區。」

「他們想正式發動戰爭？」

年輕少尉對風間這番話提出詢問。從年齡來看，他應該是最近才分發到這座要塞。

「他們應該認定三年前就一直在打仗吧。」

以諷刺語氣回答的不是風間，是柳。

詢問的少尉紅著臉，害羞地退下。

「抱歉，本隊成員實在是欠缺禮儀。」

風間先給對方一個面子。

「但是結論正如柳上尉所述。我國和大亞聯盟之間，別說簽訂談和條約，甚至沒進行休戰協定。既然毫不告知就動員艦隊，應該是不在意我國解釋為攻擊準備。」

接著他再三強調。

大規模動員海軍兵力時，如果是基於非戰鬥目的，即使範圍只在領海內，按照慣例也要通告周邊國家，或是向國際宣布。

在休戰或停戰狀態，沒宣布目的就出動艦隊，可以解釋為向對方國家表態重新開戰。

會議室的氣氛立刻緊繃。

「相較於敵國艦隊已動員完成，很遺憾地，我國海軍昨天才開始動員。現下只能以陸空兵力對抗敵方海上兵力。」

空氣增加重量。

「應該無法免於苦戰吧。」

無人要求發言。

「於是，為了突破現狀，本獨立魔裝大隊將投入戰略魔法兵器。本次作戰已得到統合幕僚會議的認可。」

要塞成員以交織著期待與疑惑的視線投向風間。

「本隊想順便借用第一觀測室。此外，在攻擊成功的同時……」

風間繼續說明。

但達也不覺得需要繼續聆聽。他的工作僅是以「戰略魔法兵器」攻擊，沒有後續任務。

關於要塞的資料，已經在前來對馬的途中檢視過了。

第一觀測室是使用低軌道衛星監視敵國沿岸的設施之一。

達也只知道那裡將會進行何種任務，以及自己的職責。

達也就這麼身穿可動裝甲，手握「第三隻眼」，站在第一觀測室全景螢幕的正中央。

這面螢幕是將衛星影像進行立體處理，可以從任何角度觀察敵陣狀況。現在是依照達也的希望，從水平距離一百公尺、高於海平面三十公尺處的位置，播放俯瞰的影像。

「大黑特尉，準備好了嗎？」

真田如此詢問。

『準備完成。衛星連結訊號清晰。』

達也以經過頭盔改變後的聲音回應準備完成。

「準備發動『質量爆散』。」

達也聽從風間的命令，架起「第三隻眼」。

鎮海軍港。

大亞聯盟艦隊，集結於巨濟島要塞的另一邊。

中央的戰艦應該是旗艦，戰旗在艦上飄揚。

以這面旗為瞄準目標。

藉由立體處理過的衛星影像，連結到個別情報體。

戰旗重量大約一公斤。

『準備完成。』

如同悄悄話的低語。

但是用在鴉雀無聲的室內已經足夠。

「質量爆散，發動。」

『質量爆散，發動。』

達也復誦風間的命令，扣下第三隻眼的扳機。

從對馬要塞內部越過海峽，直到鎮海軍港。

達也的魔法，將一公斤左右的質量轉換為能量。

依照愛因斯坦公式，產生的熱量換算成黃色炸藥是兩千萬噸。

畫面一片漆黑。

過度的光量，使得衛星的安全裝置啟動了。

所以他們只能看見該處出現地獄之後的爪痕。

停泊於鎮海軍港深處的旗艦上，忽然誕生了一顆太陽。

此等熱量只能如此形容，而且無人能將這件事傳至後世。

無法測量的高熱蒸發船身金屬，噴發重金屬蒸氣。

急速膨脹的空氣超越音速。

紅外線、衝擊波與金屬蒸氣的奔流，將艦隊與港灣設施全部消滅。

附近的人與物全部蒸發。

稍微遠離的人與物則是爆炸或焚毀。

海面遭受高溫燒灼，造成水蒸氣爆炸。

產生的龍捲風與海嘯，吞沒對岸的巨濟島要塞。既然巨濟島沒能發揮堤防功能，對馬與北部九州沿岸，應該也無法免於海嘯災害。

這股破壞不只侷限於鎮海軍港。

衝擊波遍及周圍的軍事設施。鎮海軍港周邊沒有一般民眾所居住的城市，或許該算是不幸中的大幸吧。

灼熱的暴虐平息時，沒有留下任何東西。

衛星影像恢復，對馬要塞的成員們毫無例外地倒抽一口氣。

年輕軍官中甚至有人衝進廁所嘔吐。

不應該嘲笑他們難看不像話。

因為連獨立魔裝大隊的眾人，都無法隱藏蒼白的臉色。

他們基於真正的意義，首度親眼確認戰略級魔法。

「敵方狀況如何？」

藤林聽到風間的詢問，連忙確認螢幕。

「敵方艦隊全軍覆沒……不對，全軍消滅。要發動攻勢嗎？」

確實，現在應該可以輕易占領。

但風間沒有點頭。

「不用。省略後續計畫，結束本次作戰行動。」

「所有人準備歸營！」

柳接到風間的命令之後，下令撤退。

達也將第三隻眼放到地上。

頭盔深處的雙眼毫不動搖。

灼熱萬聖節。

後代歷史學家如此稱呼本日的事件。

這是軍事史的轉捩點，也被認定是歷史的轉捩點。

這是確定魔法優於機械兵器或核生化武器的事件。

本事件明確證實，魔法正是決定勝敗的力量。

這天也是魔法師這個種族，榮耀與苦難歷史的真正起始日。

後記

感謝各位本次也同樣購買了《魔法科高中的劣等生》。初次見面的讀者請以此為契機，今後也多多關照。

第七集在輕小說層面或許屬於挑戰性質，各位覺得如何？看得愉快嗎？這個等級在昭和時代不算罕見也稱不上偏激，但我身為落伍的娛樂小說寫手，還是有點擔心是否趕不上現今趨勢。

這一集最花心思的，是各處插入的戰況圖（地圖、概略圖）。我不曉得正確的畫法，熟稔此道的讀者應該會覺得「這是什麼？」，這部分敬請見諒。

本次也勞煩繪製插圖的石田大人了。主角群身穿的各種戰鬥服，基於我庸俗的執著而反覆要求變更設計。我身為作者，覺得設計得很帥氣……很帥氣吧？

此外，這本第七集的特徵，應該在於出現了各式各樣的「絕招」吧。若各位能享受這份刺激的步調，是我這個作者最開心的事。

那麼，接下來請容我宣傳今後的預定計畫。（註：以下皆為日本的出版狀況）

首先，第八集預定在今年冬天出版。副標題〈追憶篇〉應該不會變更。劇情重心是往事，預計將比網路連載版揭露更多情報。

接著，本書的書腰也已經預告，本作很榮幸將製作為有聲劇。預定和第八集在同時期發售，或許會比第八集先出。內容是〈追憶篇〉的主線部分，並且附錄全新撰寫的短篇小冊子。

在第六集書腰也告知過，正在《G Fantasy》連載的《魔法科高中的劣等生》漫畫第一集已和本書同時發售了。正在《電擊大王》連載的《魔法科高中的優等生》第一集，預定將於十月二十七日上市。兩部作品都請各位多多指教。

最後，或許已經有讀者知道，本作將從下個月開始在電擊文庫雜誌連載。內容是二年級篇的第一部，也是只涉及小說前七集內容的「不洩漏劇情」版本。所以連載出書時將追加內容，但我會把主線劇情寫好。

電擊文庫雜誌的連載、有聲劇，以及電擊文庫的正傳，我從今年秋天到冬天將會全速努力運作，《魔法科高中的劣等生》還請各位繼續指教。

（佐島　勤）

我是在漫畫版《魔法科高中的劣等生》負責劇情架構的林・佐島老師，恭喜第七集出版！我身為讀者也等很久了！以達也為中心，各角色的心思偶爾引發戰鬥、偶爾上演青春劇，加上縝密的世界設定與逐漸現出端倪的謎團，每個部分真的都相當引人入勝。令人閱讀到廢寢忘食的《魔法科高中的劣等生》有多麼好看，我和作畫的きたうみ老師都希望在漫畫版中順利傳達給讀者。今後我們將繼續在《G Fantasy》致力於繪製漫畫版的《魔法科高中的劣等生》！
きたうみつな

我是負責衍生外傳漫畫《魔法科高中的優等生》的森夕。

恭喜《魔法科高中的劣等生》第七集出版！很榮幸能在局面非常重要的這一集登稿。閱讀本作品時，會先驚訝於縝密的設定與世界觀。閱讀到某種程度後，則是會驚訝於「啊，所以他們才會這樣！」。回頭重讀之後，將會被第一次沒察覺的新發現賞一記身心舒暢的KO擊倒。我很榮幸能陶醉於濃密設定世界與人際關係的世界觀，從事這份幸福的工作。魔法是特別的力量，卻絕對不是萬能之力，世界沒有輕鬆到能以魔法解決一切。劇中人物各自抱持煩惱而奮鬥，我會努力儘可能為各位讀者傳達他們的魅力。此外，本作品有許多可愛的女孩，我個人也想在這方面加把勁。今後我依然會以一個書迷的身分，期待後續發展。

Kadokawa Light Novels

約會大作戰DATE A LIVE 1~5 待續

作者：橘公司　插畫：つなこ

輕小說史上最快動畫化作品!!

災害源頭之「精靈」，僅有消滅或與其約會一途？

士道因參加高中的教育旅行來到了或美島，並在當地遇見了兩名精靈。八舞耶俱矢與夕弦為爭奪正牌精靈的寶座，擅自決定誰先攻陷士道的心誰就獲勝！為了將她們從殘酷的命運中拯救出來，士道必須讓她們同時迷戀上自己！

各 **NT$200~220/HK$55~60**

台湾角川

Kadokawa Light Novels

打工吧★魔王大人
Satoshi Wagahara
Illustration ■ Oniku
插畫■029
和ケ原聡司
5
Kadokawa Fantastic Novels

打工吧！魔王大人 1~5 待續

作者：和ヶ原聡司　插畫：029

第17屆電擊小說大賞〈銀賞〉得獎作
魔王城即將邁入數位電視的新時代！

修復完畢的魔王城居然變得能裝數位電視了！由於魔王一行人對家電都不熟悉，因此他們便邀請惠美的公司同事梨香，做為日本的社會人士代表一同前往大型電器賣場。然而在這段期間，惠美發現千穗竟然不省人事地躺在醫院裡——！

各 **NT$200~220/HK$55~60**

國家圖書館出版品預行編目資料

魔法科高中的劣等生．6-7, 橫濱騷亂篇 /
佐島勤作；哈泥蛙譯．──初版．──臺北市：
臺灣國際角川，2013.04-2013.07
冊；公分．──(Kadokawa fantastic novels)

譯自：魔法科高校の劣等生．6-7, 横浜騒乱編
ISBN 978-986-325-302-0（上冊：平裝）
ISBN 978-986-325-485-0（下冊：平裝）

861.57　　　　　　　　102002581

Kadokawa
Fantastic
Novels

魔法科高中的劣等生 7
橫濱騷亂篇〈下〉

（原著名：魔法科高校の劣等生7 横浜騒乱編〈下〉）

2013年7月26日　初版第1刷發行
2023年9月22日　初版第8刷發行

作　者：佐島 勤
插　畫：石田可奈
日版設計：BEE-PEE
譯　者：哈泥蛙

發行人：岩崎剛人
總編輯：蔡佩芬
編　輯：黎夢萍
設計指導：黃永漢
印　務：李明修（主任）、張加恩（主任）、張凱棋

發行所：台灣角川股份有限公司
地　址：104台北市中山區松江路223號3樓
電　話：（02）2515-3000
傳　真：（02）2515-0033
網　址：www.kadokawa.com.tw
劃撥帳戶：台灣角川股份有限公司
劃撥帳號：19487412
法律顧問：有澤法律事務所
製　版：巨茂科技印刷有限公司
ＩＳＢＮ：978-986-325-485-0